MARCOS: Vuelos Peligrosos

Christian Gabriel Carollo

Intencionalmente en blanco

Prólogo

Marcos Tornatore, un empresario sin escrúpulos enfrenta una dualidad con su amigo/ archienemigo Ángel el 'Pastor' Patrilli. Un tipo proveniente de las fuerzas especiales de la policía que lo sacó de su cómoda posición de hombre exitoso en el marketing empresarial.

Fue una noche cuando sacaba la basura de su lujosa casa en un country de Pilar. Un día más. Una noche más. Pero iría a transformarse en una bisagra que desmoronaría el aparente equilibrio en su vida. Recibió un ataque. Lo que inicialmente parecía un robo, se transformó en algo más. Patrilli seguramente desconocía que Tornatore era un antiguo practicante del karate. Muchos años de práctica lo habían convertido en cinturón negro. Un verdadero especialista en la disciplina.

Acostumbrado en el 'dojo' a tener siempre un atacante imaginario, a estar en un campo de batalla, no soportó esa noche la agresión. Sentir el frío metal de un arma sobre su piel fue mucho más de lo que jamás podría haber aguantado. Esperó el momento y repelió la agresión con una patada que tumbó a Patrilli de cuajo. Lo paralizó. A priori, todo parecía finalizado. Lejos estaba de ser así. En el momento menos esperado sintió una comezón. Un calor intenso en su cuerpo. No logró entender que le había pasado hasta que despertó en un hospital con Vanesa a su lado; su esposa y compañera de casi toda una vida.

Ese malnacido le había disparado. Lo había herido de bala. Una herida que podría haber sido mortal, si no hubiese sido descubierto por su vecino de vivienda. Lo agarraron a tiempo, aunque había perdido mucha sangre. Una vez que salió del hospital y ya en su casa de Pilar, cumpliendo reposo estricto, entró en una suerte de alienación. Es que sus pilares de perfección no eran tales. Solo endebles estructuras sin estudio alguno de resistencia. Un diseño hecho por un falso ingeniero. Y todo se desmoronó de repente. Un taxista en un traslado a la comisaría, justamente para declarar voluntariamente todo lo acontecido aquella noche, fue el inicio de otra locura. Es que Marcos aborrecía a los taxistas. Para él eran falsos filósofos, charlatanes de turno. Y ese viaje no iría a ser la excepción. El taxista lo reconoció, ya que su caso policial había sido cubierto en varios medios sensacionalistas. Él era un reconocido empresario y fue por eso que abundaron las notas sobre el caso. Marchas y contramarchas en las noticias. Y este pseudo filósofo (José Evaristo) no tuvo mejor idea que comunicarle a Marcos que tenía una teoría de lo sucedido aquella fatídica noche. Fue una verdadera provocación para él, que había subido a ese taxi lleno de prejuicios y mecanismos de compensación. Un forcejeo instintivo derivó en una provocación por parte del taxista, que no le dejó opción. Fuera del taxi rehusó la pelea como le había enseñado su *sensei*. El karate es un camino interior. Una disciplina que solo debe ser usada para defensa en casos límites. Cuando tuvo que esquivar un potente pero desarticulado derechazo de José Evaristo, no tuvo más remedio que emplear sus reflejos exacerbados. Con una patada efectiva y bien direccionada puso en el piso al taxista, que pareció morir por un momento. Los testigos incriminaron a Marcos que volvía esta vez a la comisaría no por voluntad propia sino a bordo de un móvil policial.

Ese extraño personaje, Ángel Patrilli escapó a Bolivia. Abandonó la fuerza policial, seguro de que su incriminación en el caso daría con su paradero tarde o temprano. En Cochabamba, donde se radicó momentáneamente, intentó dejar todo atrás. Ser un hombre nuevo, sin prontuario. Pero su currículum lo vio empleado en un pub nocturno como personal de seguridad. Allí transcurrían sus noches, cada día. Olvidando por momentos la infidelidad de su amada novia Lucrecia, a manos de Tornatore. Su jefe en la empresa 'Global'.

Nunca soportó ni toleró haber descubierto ese engaño. Pero ahí estaba, ejerciendo lo que mejor sabía hacer: proteger a otros seres humanos. Mantenía a ese bar 'Popeye' limpio de la lacra que normalmente solía visitarlo. Hasta que una noche, como varias interfirió en una riña. Nada lo atemorizaba, ni nadie. Pero esta vez con los puños no alcanzó. Sacó su arma, la que llevaba oculta. La bala dio en uno de los visitantes del lugar. Pero ese tipo no iría a ser cualquiera. Era ni más ni menos que el jefe de un cartel boliviano.

Sus destinos siguieron por Lima, Perú. Tuvo que desaparecer de Cochabamba como aquella noche lo había hecho de la casa de Marcos. Sin dejar rastro. Se asentó en un prostíbulo, aunque no había nada que le diera más rechazo que las prostitutas. Pero a cambio de una paga usaba el lugar de hospedaje. Una garantía para su anonimato. Se hizo de un amigo: César González, un experto en el arte de volar parapentes. Se idolatraban mutuamente, ya que Patrilli había incursionado en el oscuro mundo del boxeo clandestino. 'El argentino' le llamaban. Fue tumbando a sus rivales, mientras crecía el dinero que atesoraba con gran cuidado. Pero ese vuelo en parapente, que iría a ser gratis, no lo fue tanto. El parapente se descontroló. César fue en realidad quien lo llevó al extremo realizando maniobras no muy aconsejables para un día que parecía tranquilo, pero que mutó en otra cosa. El viento empezó a rotar, se intensificó rápidamente y las corrientes de aire se entremezclaron de manera confusa.

El resultado fue una caída estrepitosa al mar. César nunca más emergió a la superficie. Por lo menos con vida. Y Ángel luchaba por su vida. A cientos de metros de la costa, braceaba con fuerza; y en cada brazada se le iba el poco oxígeno que le había quedado frente a semejante traumatismo en el mar. Pudo finalmente llegar a la costa y se desmayó. Un lugareño lo rescató.

Comenzó una lenta recuperación en un hospital limeño. Todo iba de maravillas, su recuperación fue en tiempo récord. Hasta que sufrió una visita inesperada, los narcos. Fuertemente armados tenían solo un objetivo: liquidarlo. Pero se escabulló una vez más. Tomó una moto prestada por la fuerza, y después un auto. Una persecución policial a toda máquina terminó con múltiples vuelcos. Su físico agredido reiteradas veces dijo basta. Una parálisis fue la secuela esta vez. Pero si el gato tiene siete vidas. Patrilli tenía aún más.

Empezó otra lenta pero milagrosa recuperación. Lo que había sido diagnosticado como una incapacidad definitiva comenzó a revertirse. En cada paso que daba tomado de las paralelas, empezó a acercarse a Dios. En realidad en cada brazada en las frías aguas del Pacífico. Ese acercamiento lo fue transformando en otro. Un tipo que fue encontrando la paz, su paz. Atado a su nuevo libro de cabecera, 'La biblia' fue hallando la verdad. La verdadera razón de su existencia. Utilizó su condena para acercarse a Dios e ir lentamente transformándose en 'el Pastor' como él prefería llamarse en su búsqueda de la iluminación.

El Pastor encontró inspiración. La plasmó en una sucesión infinita de hojas en blanco que fue llenando día a día. Así que mientras Patrilli se transformaba en el 'Pastor' o el 'Ángel' Marcos seguía batallando con sus demonios. Pero también encontró una salvación. Esa fue volar en avión. Un amigo lo llevó en su avión monomotor, un Piper Archer a la Isla Martín García. Ahí supo, comprendió que sacar las ruedas del piso iba a convertirse en su liberación.

Eran caminos paralelos de sanación. Pero una guerra imaginaria seguía dentro de Marcos. No toleraba su despiste en la vida. Para él había un culpable, y ese era Patrilli.

El mismo que a través de sus páginas iría a orientar y disciplinar a gran cantidad de jóvenes. Su libro 'Mi transformación en un hombre de fe' iría a convertirse en tendencia literaria. Un *best seller*.

Marcos encontró en una posible sociedad con el pastor, el verdadero saneamiento a su furia, y como un verdadero Maquiavelo, ese fin justificaba los medios para alcanzar el éxito en otro rubro: el editorial. Así que mientras estudiaba para piloto e iniciaba una empresa aérea, decidió visitar a Patrilli en la cárcel. La propuesta fue rotunda y contundente. Reeditarle el libro, y publicarle las siguientes obras a cambio de otorgarle el perdón.

Un hombre de fe perdona. La respuesta del ahora 'Pastor' fue positiva. Marcos reencontraba su vida nuevamente. Retomaba el acceso al éxito a costa de su cuasi asesino. Su esposa Vanesa, miraba de reojo ese acuerdo. Lo desaprobaba. Pero era mejor no meterse con el siempre ávido de éxito Marcos Tornatore. ¿Puede realmente el causante de la mayor de sus pesadillas, convertirse ahora en su salvación?

El 'Pastor' terminó su condena y recobró la libertad. Una libertad de los barrotes carcelarios, pero el cautiverio por elección en un Convento. Sus días irían a transcurrir entre prédicas y libros, y bajo la inspiración divina. Algo impensado e inimaginable hasta para el mayor de los optimistas. Tornatore estaba empecinado en acumular experiencia a bordo de los aviones turbohélice de su propiedad. Un micro emprendimiento con la potencialidad de convertirse en algo más grande, mucho más grande.

Christian Gabriel Carollo

Intencionalmente en blanco

Índice

Capítulo 1
    Sueño interrumpido   11
Capítulo 2
    Siguiente nivel   13
Capítulo 3
    En la estación Petrobras   17
Capítulo 4
    A bordo del Boeing triple siete   25
Capítulo 5
    Totalmente listo   35
Capítulo 6
    Charlotte: Buscando oxígeno en la cabina   37
Capítulo 7
    El interrogatorio   43
Capítulo 8
    ¿Sólo turbulencia ligera?   47
Capítulo 9
    Cartas peligrosas   55
Capítulo 10
    Guerra virtual e imaginaria   59
Capítulo 11
    The Mansion   65
Capítulo 12
    Están ahí pero no los ves   69
Capítulo 13
    La cruz   73
Capítulo 14
    Paranoico   79
Capítulo 15
    Velocidad de decisión   81
Capítulo 16
    Un baño de aire fresco   87
Capítulo 17
    La molotov   91

Capítulo 18
    Alguno de sus libros   101
Capítulo 19
    Acento neutro   103
Capítulo 20
    Una hoja en blanco   111
Capítulo 21
    Entender lo inexplicable   115
Capítulo 22
    Sueño tormentoso   121
Capítulo 23
    Manolo   123
Capítulo 24
    Imprescindible   127
Capítulo 25
    La ventana   129
Capítulo 26
    Ezeiza, fría y húmeda   133
Capítulo 27
    Tiempo sin sentido   137
Capítulo 28
    El amor de su vida   145
Capítulo 29
    Dudas   147
Capítulo 30
    Respeto admirativo   153
Capítulo 31
    Carlitos   155
Capítulo 32
    La llamada   159
Capítulo 33
    Reaseguro   165
Capítulo 34
    Definitivamente el camino   171

Capítulo 1. Sueño interrumpido

La vida en el convento era un lujo dentro de la humildad. Por lo menos así se sentía el Pastor. Un ángel sobre la tierra. Se sentía redimido. Rozaba la perfección. Estaba en un ascenso. Uno de esos que había hecho en el parapente. Pero éste era un ascenso celestial, casi divino.

En su humilde cama, frazadas gruesas, bien tapado, descansaba cada noche. Claro, su vida estaba lejos del confort. El convento no tenía calefacción. Sus techos altos, y su estructura antigua transformaban sus ambientes en casi un congelador. Pero qué importaba. Ahí estaba él. Cada día con más sabiduría. Haciendo sus estudios oficiales. Estaba entrando en la curia finalmente. Logrando ese estamento.

El frío lo ayudaba. Según él, con frío se pensaba mejor. No sabía que realmente era así. Y no era sólo un pensamiento suyo. Varios estudios de universidades prestigiosas lo confirman. El frío da pasividad, tranquilidad. Y activa una química cerebral especial. La que le permitía absorber los conocimientos con una rapidez brutal.

Acurrucado en un extremo de su vasta cama, un estruendo rompió con su soponcio. Se sobresaltó. Pasó de un estado al otro. Del sueño profundo, a la agitación de un brusco e irritante despertar.

Escuchó otro ruido, hasta que fueron varios, uno detrás de otro. Su alerta entrenada aunque algo olvidada le hizo presentir que algo malo pasaba allí. En ese lugar, el silencio abismal siempre era el mayor ruido. Confundido, se levantó. Se puso un viejo pullover algo desgastado y un pantalón. Y así descalzo, solo con unas medias, se dispuso a salir de su habitación. Escuchó corridas. ¿Eran los otros habitantes del convento? ¿O intrusos, dispuestos a cualquier cosa?

Empezó a bajar unas escaleras. Quería ver de primera mano qué era lo acontecía. Pero el ruido de un disparo pudo más. Interrumpió su descenso y volvió tras sus pasos. Nuevamente en su habitación, bloqueó la puerta. En cuestión de segundos, desde el otro lado intentaron abrirla. Empezaron a empujar, y el mueble que la bloqueaba empezó a ceder.

Subió rápidamente la persiana que lo separaba del exterior. Abrió la pesada ventana. Había un vacío de más de cinco metros hasta otro techo. No lo dudó. Miró hacia abajo. Calculó la distancia. La posición del cuerpo. El movimiento que le provocara el menor daño. Y así, con los músculos contraídos por el frío y el rápido despertar, se lanzó al vacío.

Capítulo 2. Siguiente nivel

La fortuna era incalculable. Sus ingresos no paraban de aumentar. Ya casi no tenía el control del negocio. Estaba en un punto desbordado por el éxito. Sentía el clímax de su felicidad.

Ya no era solo un negocio. La empresa de aviación arrastró a Global en los dividendos. Era como un efecto dominó. Una empresa empujaba a la otra, y él en medio era casi un espectador de una bola de nieve que no paraba y que arrastraba cuanto se encontrara en el camino.

Es así que lo pensó. Fue así que lo entendió. Tenía que seguir agrandando el negocio. Sobre todo el de aviación. Con los aviones turbohélice no cubría las demandas de sus clientes. Contrató a un especialista en el negocio del transporte ejecutivo.

–Marcos, los turbo te están quedando chicos. Son para vuelos cortos. Pero los pedidos y el estudio de mercado nos están mostrando el camino. Nos están ordenando los pasos a seguir.

–¿Y cuáles son esos pasos? le preguntó a Maxi,. Formado en el exterior, con un MBA en Harvard y años en el mercado, su palabra era garantía de éxito.

Maxi lo miraba con ese aire de superioridad, con ese halo de sabiduría y arrogancia.

–Está cantado, Marcos. Tenés que ser ciego para no verlo. Tenés que expandirte. Abrir el mercado al mundo del jet. De los niveles más altos. Más alto y más rápido. Así vuelan los jets.

Y allí recordó su idea original. Marcos Jet. Lo había intuido antes de comenzar.

–Muy lindos los turbohélices, pero vuelan bajo. Se *comen* la meteorología. Son vuelos cortos.

El dinero grande está en los vuelos larga distancia. En los que cruzan el charco.

–¿A Punta? - Preguntó Marcos, algo inocente.

–No, Marcos. Me refiero a cruzar el Atlántico.

–¿El Atlántico? ¿No será mucho?

–Para nada. El verdadero ejecutivo vive la mitad del año arriba de un jet. Va de reunión en reunión, y de país en país.
–Claro, respondió tibiamente. Y eso que él desafiaba sus límites constantemente, pero esto iba más allá de lo que jamás había imaginado.
–Ya asesoré a varias compañías en esto. Y en los años que me formé en Estados Unidos vivía cerca de un aeropuerto ejecutivo. Frecuentaba mucho la cafetería del aeropuerto. Y de a poco fui haciendo mis contactos, aprendiendo del negocio, hasta que lo estudié minuciosamente. Sólo faltan hacer algunos ajustes, claro. Argentina no es Estados Unidos, ni acá está tan extendido el uso de aviones ejecutivos como allá. Solo hay que crearles la necesidad a todos los ricachones que habitan por estas pampas.

Crearles la necesidad, volvió a repetir. Hacerlos sentir diferentes, únicos. Que tengan el deseo del último avión, del más avanzado, el más confortable. Para sentirse mejor que en el living de su propia casa mientras vuelan.
–¿Te vas a animar, no, Marcos?
–¿Cómo? Preguntó algo enfadado. ¿Si me voy a animar? ¿Vos me estás cargando, no?
–No, para nada.
–No hay nada a lo que Marcos Tornatore le tema. Armame un plan de negocios. Ya lo veo. *Marcos Jet* empieza el despegue.

Una vez más llegó a Pilar exultante. La torturó a Vanesa durante toda la cena. Vicky estaba en casa de una amiga. Y Patricio de campamento. Ni cuenta se dio de qué estaba comiendo. Tan poseído estaba.
–¿Te gustan los ñoquis de espinaca?
–¿Qué? respondió Marcos.
–Si te gustan los ñoquis de espinaca que preparé.
–Ah, sí, están riquísimos, respondió como por acto reflejo.
–¿Por qué no te tranquilizás un poco? - acotó ella. ¡Me volvés loca con tus ideas y tus negocios!
–Sí pero esta idea no es mía. Esta vez no fui yo.

–¿Y quién entonces?
–Fue Maxi...
¿Maxi?
–Sí, el que más sabe del negocio de aviación en la Argentina. Y me lo pintó más que claro.
    Casi que me lo ordenó. El negocio no crece más con los vuelos que hacemos. Llegamos a nuestro techo. Y ahora pasaremos al siguiente nivel.–¿Y cuál es ese?
–Voy a empezar *Marcos Jet*.
–¿Y qué pasa con *El Álabe división ejecutiva*?
–Me voy a abrir de Willy. En este negocio voy sólo. Con una pequeña participación de Maxi.
Socio, pero minoritario.
–Tené cuidado, Marcos. Te lo digo una vez más. Un día vas a ir a la bancarrota, con tanta expansión del negocio. Todo lo que sube rápido, baja aún más rápido. Es como una bala lanzada hacia arriba.
–Vos siempre queriendo generarme miedo. Haciéndome dudar, no lo vas a lograr. Es más fuerte que yo. Este negocio ya está en marcha, ¡y no hay nada ni nadie que me pare en esto! Y además está la asesoría de Maxi. No le pago nada. No me cobra por la asesoría. Sólo se lleva un porcentaje de la ganancia. Un porcentaje mínimo. Así que mientras el negocio escala, trabaja casi gratis para mí.
–Tené cuidado con ese Maxi también. Ya que es tan bueno, y especialista en los negocios, no vaya a ser que se quede con el tuyo.
–¿De qué estás hablando? ¿Qué decís? Estás diciendo estupideces... me parece que tanta decoración te nubló la mente. Vos dedicate a lo tuyo, que yo me dedico a lo mío.
–Solamente te advierto una cosa. No me vengas a llorar si después la cosa no anda bien.
–Eso nunca va a pasar mi amor. Mis instintos siempre me llevan a buen puerto. Soy un ganador.
–¡Eso no te lo discuto! Pero a mí no te me hagas el grande. ¡Conmigo no podés!

Intencionalmente en blanco

Capítulo 3. En la estación Petrobras

Golpeó duro contra la chapa del techo a dos aguas. Temió traspasarlo, pero no sucedió. El impacto fue fuerte contra su rodilla, pero se levantó rápidamente. No había tiempo que perder. Cuando dio los primeros pasos, giró su cabeza para ver que estuviera todo bien en esa ventana. Pero nada estaba bien allí. Un arma apuntaba en su dirección. Temió lo peor.

Un disparo salió directo hacia él, pero fue fallido. Se mantenía en constante movimiento. Se dejó deslizar hacia el otro lado del techo y otra vez estaba desafiando la gravedad. Esta vez la caída se le hizo interminable. Impactó contra el césped de una casa lindante.

De haber sido cemento, ahí hubiera quedado esparcida parte de su materia gris. Pero la suerte lo acompañó, y ese césped parecía una cancha de golf. Desde el piso miró en todas direcciones y se vió atrapado entre altos paredones.

Su única opción era ingresar a esa casa. No lo dudó. Cojeando intentó abrir la puerta trasera, pero estaba cerrada con llave. No tuvo tiempo de dar explicaciones. Si golpeaba la puerta, no le irían a abrir de todas maneras. Así que buscó la opción más rápida. Un codazo fue suficiente para romper el cristal de una ventana. El resultado: Patrilli violando propiedad privada. Si al menos hubiese tenido puesto sus hábitos... Pero no fue así. Ni siquiera tenía calzado.

Se topó con una familia en el living de la casa, mirando una película. Ahí estaba el dueño de casa sorprendido, sintiéndose robado, ultrajado. Antes que alguien pronunciara palabra o se generara un hecho de violencia, el Ángel soltó la primera frase:

–Soy Ángel Patrilli, uno de los curas del convento.

El dueño de casa lo miró de arriba a abajo, y lo que menos creyó era que este personaje fuera un cura.

–Mire, llévese lo que quiera, pero no nos haga daño.

–¿Qué está diciendo, señor? Le vuelvo a repetir: soy Ángel, el cura del convento. Entraron a tomarlo, no me quedó otra opción que escapar con lo puesto. Me dispararon, pero por suerte no me dieron.
El hijo de Fernando, dueño de casa, lo reconoció.
–Ya sé quién es, papá, exclamó. Es el tipo de las persecuciones en Perú, el que escapaba de la policía. El del video que se hizo viral, ¿te acordás?
–Callate, respondió Fernando más que temeroso.
Antes que el hijo pudiera acotar algo, Patrilli tomó nuevamente la palabra.
–Es verdad lo que dice el chico. El del video soy yo. Pero eso fue antes de convertirme en religioso, en un cura en reclusión.
Fernando, más descreído que antes, volvió a repetirle:
–Le pido por favor, no nos haga daño. Mejor dicho no les haga daño; si me quiere a mí, acá estoy, pero deje ir a mi mujer y a los niños.
–¿Qué me está diciendo? Le repito una vez más yo soy el cura de acá al lado. No tengo tiempo para convencerlo, o para que usted me crea. Déjeme salir, porque en cualquier momento se mete acá adentro uno de ellos. ¿Dónde está la puerta?
Fernando estiró el brazo y le señaló la salida. Recién ahí empezó a creerle.
–Lo acompaño, le dijo, mientras atravesaba su casa.
Llegaron hasta la puerta de calle, giró rápidamente la llave y lo dejó salir. Cerró rápidamente, dio dos vueltas a la llave, y exhaló fuertemente.
Volvió rápidamente al living y con la poca fuerza que le quedaba por el estrés post traumático les dijo:
–Hoy es nuestro día de suerte. Nos salvamos de que nos robaran. Mientras decía esto, veía a través de la ventana rota a dos tipos descolgándose por una de las medianeras. La pesadilla continuaba. Fernando no entendía. ¿Qué era todo eso? ¿Acaso era verdad lo que le había dicho el presunto cura? Sólo habían pasados escasos segundos y su living estaba nuevamente ocupado por desconocidos. Portaban armas de grueso calibre. Con voz autoritaria, uno de ellos le preguntó:
—¿Hacia dónde ha ido?

—¿Hacia dónde fue quién? les respondió. Casi sin darse cuenta, estaba encubriendo a quien hasta hacía un instante era para él un peligroso criminal.

—¿Hacia dónde ha ido?, volvió a insistir el hombre armado.

Fernando sintió temor. Se sintió amenazado por la brusquedad del sujeto, y el aspecto amenazante. Empezó a tartamudear. Sus ideas iban más rápidas que sus palabras. No dudó esta vez.

—Se fue por allá.

Con movimientos de *ninja* ambos sujetos desaparecieron de la mirada de Fernando y su familia, que aún seguían inmóviles en la mesa del living. Se quedó mirando hacia la ventana. Temiendo otra intrusión, pero ésta no llegó. Mientras tanto, en el convento se escuchó otra fuerte explosión. Una nube de humo cubría toda la zona.

Con la rodilla dañada, rengueando, corría como podía. Sabía que tenía que ingresar rápidamente a otro lugar. Tenía que dejar de estar visible. Si no, era un blanco fácil. Una estación de servicio a unas dos cuadras fue su lugar elegido. *Petrobras*, decía el cartel amarillo y verde. Esa Petrobras se iba a convertir en su salvación.

Cada vez con más dolor, finalmente llegó hasta la entrada de puertas corredizas. Miró en todas las direcciones. Advirtió hacia su derecha el cartel que anunciaba los sanitarios. Fue directo sin dudarlo. Giró la manija pero nada. Estaba trabada por dentro. Golpeó fuertemente la puerta. —Está ocupado, escuchó a una voz molesta. Volvió a golpear. Nada del otro lado.

Frustrado, giró hacia un costado. Por algún lado debía estar el baño de damas. La figura humana triangular en el cartel, finalmente fue un mensaje inequívoco que lo alegró.

Movió la manija, y esta vez cedió fácilmente. Había un solo cubículo, y estaba cerrado. Cuando se estaba dirigiendo hacia él, se abrió la puerta. Salió una mujer hermosa, y con ella una andanada de malos olores.

—¿Qué hace acá?, lo interpeló. Este es el baño de damas, le dijo.

Ni le contestó. Aprovechó la puerta abierta, entró en el cubículo y se encerró.

–Salga inmediatamente, le gritó.
–Me están siguiendo, quieren matarme. Llame al 911. Por favor, se lo suplico. Soy el Pastor Ángel Patrilli. Quieren matarme.
La mujer salió disparada. Agarró su celular y discó. ¿Cuál es su emergencia?, se escuchó del otro lado.

Pasaban los minutos y seguía ahí, encerrado. Ya no olía nada. Ni sentía dolor alguno. Su instinto de supervivencia podía más. Transpiraba. El baño no tenía ventilación. Se quedó a oscuras. El automático que manejaba las luces no registró movimiento a la altura del lavabo y se apagó.

Sólo sentía su respiración. Empezó a hacer lo que mejor sabía en los últimos tiempos: entablar un diálogo con el supremo. Cuidame, Diosito mío. Salvame una vez más. Soy un buen seguidor. Un buen cristiano. Y con el tiempo me haré aún mejor. Soy tu servidor. Entró en un estado de meditación, se abstrajo del mundo externo, ya no estaba allí. Solo físicamente. Pasaban los minutos, y nada. Todo era silencio. Sabía que su escondite no era el mejor. Que era fácilmente localizable. Lo sabía, pero al entrar en estado meditativo, todos sus miedos desaparecieron. Y se entregó totalmente a Dios. Lo mismo que hacía todos los días.

El tiempo siguió pasando. ¿Cuánto tiempo más debía permanecer allí adentro? No sería cosa, que en el momento de salir, justo en ese momento, estuvieran husmeando por ahí sus perseguidores. Decidió seguir esperando, así, en la oscuridad.

De pronto se abrió la puerta. Temió lo peor. Se escucharon unos pasos. Era el golpeteo de unos gruesos tacos. Al escuchar ese ruido se tranquilizó. Se hizo la luz nuevamente. Lo enceguecio.
Escuchó la canilla abrirse, y permaneció inmóvil, sin hacer ruido.
Otra vez los tacos. La manija que giraba. Y la puerta trabada que no abría.
–¿Hay alguien ahí adentro? Era la voz inconfundible de una mujer.
No respondió.
–¿Alguien ahí?
Nada del otro lado.

Empezó a forzar la puerta.

Intuyó por la desesperación que la mujer necesitaba usar el baño en forma más que inmediata.

–La puta madre, dijo la misma voz. No aguanto más. Me cago encima.

Salió del baño repitiendo todo tipo de improperios. Y finalmente la puerta se volvió a cerrar. En menos de dos minutos, otra vez la oscuridad total.

Comenzó a escuchar una sirena. Cada vez más cerca. No era una, sino dos.

"Debe ser la policía", pensó. "La mujer debe haber llamado. Me vienen a rescatar. ¿Qué hago, salgo ahora?", se preguntó.

Los minutos parecían horas, y ya estaba fusionado con ese baño. Era como parte del mobiliario.

Tomó coraje y se decidió. *"Todo lo puedo en Jesucristo"*. A oscuras, tanteando los objetos finalmente llegó hasta la puerta. La abrió sin dudar, era el camino a la libertad.

–No se mueva, fue lo primero que escuchó. Muestre las manos. Extendió los brazos hacia los costados, mostrando su inocencia. Ahora al piso. Las manos en la nuca.

–Esto es una confusión, les dijo. Soy Ángel Patrilli, el Pastor.

–Si no hace lo que le decimos, nos veremos obligados a disparar.

Patrilli estaba desconcertado. Indignado. No seguía las instrucciones policiales. Uno de los dos desenfundó su arma y lo apuntó.

–Al piso ahora o es hombre muerto.

Sin dudar y como acto reflejo se tiró al piso. Se quedó ahí, estirado y duro. Con brusquedad lo inmovilizaron y le juntaron las manos. El frío y la rigidez de las esposas envolvieron sus muñecas.

Casi había enmudecido por la atroz escena. Pero rápidamente recuperó el habla, como un maratonista dando grandes bocanadas en busca de oxígeno.

–Todo esto es un error. Un grave error. ¡Me querían matar! Escapé como pude del convento. Después escuché una fuerte explosión.

–Todo lo que diga puede ser usado en su contra, le dijo uno de los oficiales, mientras lo arrastraban al móvil, aún con las luces encendidas.

Mientras era trasladado, en absoluto silencio, reflexionó, y se dio cuenta que, a pesar del grave error de la detención, por lo menos estaba a salvo. Ya tendría tiempo de explicar con detenimiento lo sucedido. Por lo menos ahora estaba seguro y en paz.

Debió confundirse al escuchar dos sirenas, porque allí había sólo un móvil. Por momentos lo trasladaba a gran velocidad, seguramente hasta una comisaría. Y lo único que se repetía en su cabeza era: "estoy a salvo". La pesadilla se había acabado.

Sintiéndose seguro nuevamente, experimentando un halo de paz, el mismo de casi todo los días, iba en la parte posterior, vidrio blindado de por medio. Sintió el recuerdo de la prisión, de los traslados. Pero esta vez estaba seguro, todo era un error. Cerró los ojos, y se transportó. Momentos de su vida pasaban a gran velocidad. Lucrecia, Marcos, su casa, el parapente, las aguas heladas del Pacífico, el 'Águila', ese anciano y particular compañero de cuarto en el hospital limeño. Volando por el aire en la terrible cupé Hyundai, la sentencia, la absoluta libertad que encontró en el convento.

Abstraído, casi feliz por entender hacia donde había ido su vida, por verla más clara que nunca. Sintió un golpe terrible, una embestida. Abrió los ojos y los movimientos eran como en cámara lenta. Pero no lograba mantenerse en su lugar. La inercia de la velocidad y el impacto hacían de su cuerpo una marioneta desarticulada. La cámara lenta era interminable, hasta que sintió que finalmente todo el acto se detuvo. Quedó dado vuelta. Se dio cuenta que el vehículo había volcado, y los vidrios estallado. Esposado, intentó abrir la puerta. Se dio cuenta de que no iba a lograrlo. Comenzó a salir por una de las ventanas. Pasó primero la cabeza, los brazos, y empujándose, logró sacar el cuerpo entero.

¿Y los dos policías? Uno estaba quieto, quizás muerto. El otro apenas se movía.

Escuchó otra sirena. Esta vez sí era real, la sirena de otro móvil. Pedían refuerzos, pedían una ambulancia. Divisó a unos treinta metros un camión gigante con la trompa destrozada.

Una nueva sirena, esta vez verde en lugar de azul, finalmente lo sacaba del lugar. Escoltado por un policía a su lado, sintió un *dèjá vu*, con el traslado en Lima. En lugar de *Rasposo*, lo miraba y secundaba con gran desconfianza un rudo y apático policía. Unas curaciones menores en el hospital, una breve estadía, y ya estaba en la comisaría dispuesto a ampliar y esclarecer todo lo que había sufrido y sucedido.
–Soy Ángel Patrilli, el Pastor, volvió a repetir, como si se tratara de una verdadera celebridad.

Intencionalmente en blanco

Capítulo 4. A bordo del Boeing triple siete

El avión elegido por Marcos para iniciar la expansión de su negocio fue un Gulfstream. Sólo hacía falta encontrarlo y a buen precio. *Gulfstream III* o *Gulfstream IV*, daba igual. Maxi le había dicho: cualquiera de esos modelos. Son los elegidos por las celebridades. En esos se mueven Floyd Mayweather o Cristiano Ronaldo. Los top de los top. Y en esos se quería mover él. Armó un grupo de inversores, y encararon la búsqueda.

Mientras tanto, ya se había decidido. Quería dar el siguiente paso en su carrera de aviador. Las tres tiras de copiloto le quedaban chicas. Sentía que estaba para más. Así que después de mucho pensarlo, y con varias horas en su cuerpo como copiloto de un King Air 350, no lo dudó. Iba a ir a hacer simulador al exterior. A Estados Unidos, más precisamente a Miami. Era un reto difícil. Porque era un piloto que había aprendido a volar de grande, y le costaba. Él sentía que le costaba un poco más que al resto. Claro, se comparaba mal. Los otros habían empezado a volar a los 17 años, a los 20 a más tardar. Quizás a los 35 o 40 años, esos comandantes ya habían hecho una carrera en el mundo de la aviación, carrera que por el contrario, Marcos tenía hecha en el mundo del marketing, en el que le había ido muy bien. Pero bueno, se comparaba mal, y sufría por eso.

Puso los pies en Ezeiza, y lo sintió. "Cuando pise Ezeiza nuevamente, a mi regreso, habré obtenido la habilitación. Tendré la cuarta tira en el uniforme. Finalmente, además de dueño del circo, me van a llamar comandante Tornatore", pensó.

Parecía un pensamiento vacío, sin sentido. Pero había un trasfondo mayor en eso. Toda su vida había tenido en mente lo de ser piloto. Desde que su padre lo llevó en ese 'vuelo bautismo' a los cinco años, aquel día del niño. Un día que quedaría guardado a fuego en su interior. Pero lo poco convencional de la profesión, el no haber una universidad del aire, y finalmente el no ser una carrera universitaria sino solo un estudio terciario lo fueron limitando. Con la guía del estudiante en mano a sus 17 años buscó por esa profesión. No estaba junto a las clásicas. Contador, abogado, médico. Se lo comentaba a sus amigos. Quiero ser piloto les decía. Ellos le respondían irónicamente: Yo quiero ser piloto de fórmula uno o astronauta, era la frase que escuchaba de Sebastián, su mejor amigo de la época. Todo contribuía al olvido. Pero ese vuelo en monomotor a la Isla Martín García con su amigo Javier Lanzani terminaría siendo como un tsunami en su interior. Lo que le permitiría finalmente acercarse a la tan ansiada actividad.

Hizo el *check in* en una fila preferencial. La reservada para los adinerados. Sí, su billete era en primera clase. Le pusieron a sus valijas el marbete que decía *priority*, y así empezó a sentirse con prioridad para todo. Pasó el primer control, le pidieron el pasaje y lo sacó, orgulloso. En donde figura el número de asiento se leía claramente 1A. Iba a viajar tan adelante, que prácticamente estaría sentado al lado del capitán. Todo iba de mil maravillas. Era el viaje soñado. No de placer, sino sólo para demostrarse una vez más que podía. Que era diferente, y que cuanta cosa se propusiera podía lograrla.

Pasó los controles migratorios. Puso su dedo, el pulgar. Apóyelo nuevamente, le dijo la empleada migratoria. Volvió a apoyarlo. Miraba a la empleada, toda tatuada en un brazo. Con rasgos muy duros. "¿Dónde fue a parar la mujer, que era tan femenina? ¿Dónde está? Ahora todo son tatuajes y piercings. Qué manera de arruinarse...", pensaba Marcos cuando la cara de la señorita se tornó aún más áspera.

–Levante su dedo nuevamente. Hay algún problema con su huella. La máquina no me da el visto bueno. Usted no lo debe estar apoyando bien. ¡Puede concentrarse por un momento!, le soltó sin más.

Marcos, que hasta hacía unos segundos era paz y amor, empezó a sentir cómo sus terminales nerviosas se iban activando, y su sangre empezaba a fluir.

–¿Cómo me dice?

–¡Que por favor esté atento a como pone el dedo!

–Mire, si su máquina no anda bien, yo no tengo la culpa. No hay nada que me distraiga. Es mi dedo y este aparato, que seguramente debe ser obsoleto.

–Si no me aparece la tilde verde indicando que la huella quedó registrada, lamentablemente no va a poder dejar el país señor.

–¡No me diga, señorita!

–Vamos a probar una vez más. Levante el dedo, y vuelva a ponerlo. Pero esta vez, ¡póngalo bien!

–Mire, ¿sabe qué? No voy a poner el dedo en su máquina. Páseme a otro box, con otra persona. No tengo por qué andar sufriendo por su imbecilidad.

–¿Cómo dice, señor? Voy a llamar a la policía aeronáutica si me habla así.

–Llame a quién quiera, ¡Si quiere, llámelo a Ayala!, haciendo referencia a ese personaje que en sus inicios aeronáuticos en San Fernando, no dejaba ingresar al aeropuerto por no llevar exhibida su credencial habilitante.

Hizo una seña, se acercó personal de seguridad. Escolte a este señor a otro puesto, antes de que me irrite más, y pida que lo detengan por maltrato.

Esta vez Marcos eligió el silencio y se dejó conducir hasta otro box, mientras gente que esperaba su turno en la fila hacía varios minutos se quejaba por la acción. Que haga la cola como todos, le dijo un joven algo alterado, yo también voy a perder el avión.

Un señor muy amable saludó a Marcos.

–¿Adónde viaja? le preguntó con una actitud por demás apacible.

–A Miami.

–Qué lindo, prosiguió el agente, mientras le pedía que apoyara su dedo pulgar en el pequeño aparato.

–Ya está, le dijo rápidamente. Sólo falta la foto, mire a la cámara. Que tenga buen vuelo, le dijo, todo en fracción de segundos.

"¿Por qué tiene que haber un Ayala en cada aeropuerto al que voy? La puta madre", pensó Marcos, que todavía no salía de su asombro.

Subió a la aeronave. Le indicaron fila uno. Una joven azafata le guardaba su campera, mientras otra le alcanzaba una copa de champán, que ahí mismo empezaba a degustar. Empezaba a ser Marcos nuevamente. Le ofrecieron periódicos, y escogió su favorito, *La Nación*.

Una vez que el Boeing triple siete sacó las ruedas del piso, reclinó su asiento, y empezó a sentir su cuerpo más que relajado. Iba pasando las hojas, como siempre de atrás para adelante. Husmeó rápidamente las páginas deportivas, el retorno triunfante de Del Potro al circuito, y las claves de su nueva mentalidad. Pensó que tendría tiempo suficiente para leer a fondo el artículo, durante el vuelo. Siguió pasando hojas. Le ofrecieron toallas refrescantes, para limpiarse la cara o las manos. Las dejó apoyadas al lado de su asiento, para más tarde.

Una noticia lo hizo detener la mirada. "Fuerte explosión en un convento", era el título. Empezó a leer por curiosidad, ya que nada sabía de la vida de claustro, y siempre había tenido interés por saber qué pasaba ahí adentro. "Una balacera, y una fuerte explosión en el convento de San Martín". Más abajo continuaba. "Se desconoce el motivo que originó el hecho. Hasta ahora solo se sabe que varias personas armadas tomaron el convento, que hubo fuertes disparos, explosiones. Por suerte no hubo víctimas ni personas heridas. Sólo la fachada destruida del lugar". "¿Quién desearía hacerle mal a la curia? A un grupo de personas que lo único que hacen es ayudar al prójimo, ¡qué locura!", pensó. Uno ya no está seguro en ningún lado.

Eligió del menú un vino cabernet sauvignon, y una entrada hojaldrada con salmón. Se estaba deleitando verdaderamente. Un lomo de plato principal, acompañado de papines rústicos. Le rellenaron nuevamente la copa. Estaba exultante.

Miró su reloj Hamilton y comprobó que ya habían transcurrido más de dos horas desde que la aeronave había sacado las ruedas del piso. "Así da gusto", se dijo. "Ni voy a sentir este vuelo", ya que amaba volar como piloto en la misma proporción en la que odiaba hacerlo como pasajero.

Llegó el turno del postre y la variedad de quesos; optó por el brie y las nueces. Tuvo ganas pero dejó las castañas. Iba a ser mucha mezcla. Mientras le preparaban un té, empezó a hojear otro de los diarios, *Clarín*, para ver las malas noticias que traía esta vez. Otra vez la misma secuencia. De atrás hacia adelante. Nuevamente la parte policial. Cubrían también el ataque al convento.

"Varios religiosos escaparon. Uno lo hizo de manera heroica, por los techos del recinto. Saltó de uno de los techos a otro lote, relató uno de los testigos; el tipo parecía un gato. Iba descalzo, y tenía un equilibrio descomunal. Saltó porque le disparaban. Hay fuertes indicios de que el padre en cuestión sea Ángel Patrilli, el otrora presidiario redimido", leyó. Marcos casi se atraganta con un pedazo de nuez. ¿O era que se le había cerrado la glotis?

Empezó a toser. Una de las auxiliares le trajo un vaso de agua.

–¿Está bien, señor?

Marcos no contestaba, sólo tosía como queriendo expulsar algo. Finalmente respondió.

–Sí, estoy bien. Gracias.

"¿Qué pasó, Ángel? ¿Qué te pasó?" se preguntó, mientras recuperaba el aire en sus pulmones.

Una vez más, las noticias sobre Ángel lo desvelaban. Y lo sacaban del confort. Pero ahora era una sensación totalmente diferente. Casi opuesta. Le deseaba el bien. Se sentía en deuda por su nuevo éxito. Y le causó escozor leer esas noticias. Tenía que confirmar la información, ver si realmente era verdad. Quizás, el protagonista de ese escape heroico era otra persona, y no él. Pero los saltos por los techos, cierto heroísmo del personaje le hacía pensar que se trataba del mismísimo Patrilli.

Se colocó el antifaz, se dispuso a descansar, y a dormir. Pero la secuencia relatada le volvía violentamente a la mente, mientras intentaba sólo contar ovejitas, como le había enseñado su querida madre cuando era pequeño. "Me tengo que controlar. Yo puedo", se dijo. Y empezó a entrar en un estado de meditación. Su cuerpo levitaba como dentro de una nave espacial. Flotaba en el aire, dentro de una precisa máquina. El

Boeing triple siete. Entró en un sueño profundo, casi eterno, infinito. Era como si hubiera salido de ese avión y estuviera solo, en un risco, mirando el más allá. Pero la realidad era otra. Aunque acostado sobre la cómoda butaca de primera clase, se despertó bruscamente. Se sentía acalorado. Abrió el *gasper* sobre su cabeza. A las azafatas se les disparó la temperatura, pensó. Apretó el *gong*, e inmediatamente apareció una de ellas.

–Mire señorita, se disparó la temperatura en este avión, por favor le pido que la baje.

–Discúlpeme pero hace cinco minutos otro pasajero me llamó quejándose del frío a bordo.

–Entonces fue eso, otro se quejó, y usted se pasó y ahora el avión es un horno.

–No señor, nada de eso. A decir verdad, ni toqué el regulador, porque yo prefiero más el fresco.

Pero de todas maneras voy a ir a chequear el panel, a ver en cuanto está la temperatura.

–¡Se lo voy a agradecer!

–Disculpe. La aeromoza se dirigió hacia su estación.

Siguió sintiendo cada vez más calor. Maldita azafata, balbuceó, ¿qué hizo con la temperatura? Miró a su alrededor y nadie se quejaba. De hecho todo el mundo dormía plácidamente.

Se empezó a sentir mareado, enderezó su butaca, mientras todo empezó a darle vueltas.

Volvió a apretar el gong.

–No me siento nada bien. Estoy sofocado, mareado, tráigame más agua por favor. Casi pálido, se dirigió a la auxiliar. Mientras lo hacía, intentó pararse, pero fue demasiado para su frágil estabilidad.

La empleada vio cómo se desmoronó a su lado sin más. Marcos en el piso. Ahí en primera clase. Como prefería morir, de ser necesario.

–¡Señor, señor! exclamó con mayor vehemencia, como queriendo despertarlo.

Verificó sus signos vitales, y su pulso carotídeo era apenas palpable.

Se dirigió hasta el *interphone*, e inició un anuncio:
—Su atención por favor, señores pasajeros. Se solicita la presencia de un médico a bordo. Favor de dirigirse a la parte delantera del avión.
Nadie se levantaba.
"¿No hay ningún médico hoy, entre los 250 pasajeros? Mal día para el gaucho", pensó la azafata.

Mientras trataba de despertarlo, y se acercaban a brindarle ayuda otras compañeras, muy en el fondo del avión, se levantó un hombre. Su nombre era Nicolás. Estaba recién recibido en la especialidad de traumatología. Finalizada su tediosa residencia, lo que más quería era descansar a bordo y disfrutar del inicio de sus vacaciones en el norte. Especuló con que algún otro médico se iba a levantar primero, pero eso no sucedió. ¿Habría otros especulando como él? No lo sabía. Pero no pudo más. Temió por su título, que se descubriera que era médico, y que no había colaborado. Después de todo, había escuchado muchas historias sobre médicos a bordo. Y ahora él podía vivir la suya. Cuando iba a traspasar la cortina que separa ambas clases, (la clase ejecutiva de la turista), fue interceptado rápidamente.
—Señor, no puede pasar a este sector, si necesita usar el baño tiene dos a mitad de cabina.
—Discúlpeme señorita, soy Nicolás Pertino, médico traumatólogo. ¿Solicitaron médico a bordo?
—Si es médico, entonces venga por acá. Lo estábamos esperando. Su título fue como una palabra mágica que le abrió un mundo de posibilidades.
Se acercó al paciente, lo miró desde una cierta distancia. Una mirada de cuadro de situación, que para una persona normal, no significa absolutamente nada.
Pero para Pertino ya decía mucho. Se acercó, lo tomó de la cabeza, puso su mano en la muñeca, y en menos de treinta segundos salió de la escena.
—El paciente sufrió una baja de tensión. Quizás una lipotimia. Levántenle las piernas. Aflójenle la ropa. No es nada grave. Va a estar bien.

Las azafatas lo miraban azoradas. "¿De dónde salió este espécimen? ¿Quién lo mandó?" No querían ni averiguarlo. Lo único que sabían era que les había solucionado rápidamente una situación que parecía difícil y adversa. Pertino había actuado rápido, y con la seguridad de un experto.

–Venga por acá le dijo, Micaela, una de las chicas. Le agradecemos mucho su ayuda. ¿Dónde está sentado?

–¿Yo? En la fila 48K respondió.

–¿Viaja solo?

–Sí.

–Tengo una buena noticia para usted. A partir de ahora su asiento es el 3D. Es un pasajero de primera clase.

Mientras le decía todo eso, Micaela no lograba sacar su mirada de encima. Es un buen partido, se dijo. Este hombre es un bombón.

–¿Tiene pertenencias, allá en la fila 48?

–Solo una mochila, y un libro, que quedó arriba del asiento. *El hombre en busca de sentido*, le dijo.

–¿Cómo dice?, preguntó Micaela.

–*El hombre en busca de sentido*, de Víctor Frankl. Ese es mi libro de cabecera.

–Claro, respondió Micaela.

No conocía al autor, nunca había escuchado hablar de él, pero de una cosa estaba segura. Ella podría ayudarlo a darle sentido a su vida, y a la suya también.

–Bueno, traiga sus cosas, aquí lo estaré esperando.

¿Y qué pasaba con Marcos? Otras de las auxiliares le ponía cojines sobre sus piernas. Y con las extremidades en alto, la sangre retornaba mejor a su cerebro.

No sabían si por eso, o por la mano del médico en su cabeza y en su muñeca, pero Marcos empezó a resurgir de un abismo, sinuoso y oscuro.

–¿Está bien? Le preguntaron, mientras iba recuperando lentamente el color en su rostro.

–Si estoy perfectamente, respondió, sin reconocer que sólo unos segundos antes parecía hombre muerto.

–No se preocupen, estoy bien. Yo soy piloto.

Las auxiliares lo miraban con cierta desconfianza. Una de ellas, la que lo había atendido, susurró: –Este tipo se comió y se tomó todo lo que le llevamos. Me parece que se pasó. La mezcla fue fatal.

–Para mí no es la comida. Este tipo le debe tener miedo a volar, a los aviones. Y para compensar, disimula y ahora sale con esto de que es piloto.

–Si tal cual, para mí eso es una excusa, una pantalla.

Mientras ellas conjeturaban, Marcos metía una mano en su bolsillo, y sacaba una gruesa billetera. En uno de los bolsillos tenía varias tarjetas. Sacó dos.

–Tomen acá tienen. Por si alguna vez necesitan algo.

Marcos Jet, servicios aéreos. Y más abajo, Marcos Tornatore, Presidente. Ya recuperado, y en su asiento, no podía creer ni entender lo que le había sucedido. "¿Qué me pasó?", se preguntó. "La cena iba tan bien. Ángel...", dijo. "Debió ser la noticia de Ángel". El calor se le había ido. Estaba mejor. Y dos filas atrás, estaba el salvador, el del diagnóstico preciso y seguro. Pertino, Nicolás. El ahora hombre de las primeras clases.

Intencionalmente en blanco

Capítulo 5. Totalmente listo

Ángel empezó su declaración en la comisaría, frente a los dos policías.

–Para comenzar quería recordarles quién soy. Todo esto que ocurrió es una equivocación, yo soy la víctima. Soy el Pastor, uno de los curas del convento.

–Sí, ya sabemos quién es usted. Tuvo mucha prensa hace unos años. Lo reconocimos ni bien ingresó. Le pedimos nuestras más sinceras disculpas, los agentes que respondieron al llamado del 911 se equivocaron. Sobre todo uno de ellos, que está haciendo sus primeras armas en la fuerza. Se puso nervioso, y lo confundió con un agresor. Le repito, por favor acepte nuestras disculpas.

El Pastor no hablaba, buscaba relajación. El exabrupto, el escape, las corridas por los techos, y el encierro temerario en el baño de las damas lo habían dejado colapsado. Ya era otro, y este nuevo Patrilli estaba muy desacostumbrado a la acción. Su única acción, la principal, era su palabra. La que en forma inmediata le pidieron los oficiales.

–Vamos, adelante, Pastor. Cuéntenos su versión de los hechos.

–Toda esta violencia de hoy me fracturó. Me duele más que los golpes que me pegué en las caídas, y en el vuelco. Quiero protección. Ellos no van a dejar de perseguirme.

–¿Quiénes son ellos?, preguntó Leandro, uno de los oficiales.

–Ellos, los mismos que me atacaron con anterioridad.

Daba rodeos y no se explicaba. Los policías trataban de entender el mecanismo, pero no lo lograban. Era para ellos un ser por demás extraño. Conocían su pasado, e incrédulos, como tantos otros, de que ese personaje violento de antaño fuera ahora un miedoso que pedía protección. De todos modos, seguían expectantes los gestos y las manifestaciones de Ángel, esperando una pronta declaración.

–¿Hay un baño cerca?, les preguntó. ¿Me pueden conseguir unas medias limpias y un calzado? Tengo frío en los pies.

Le indicaron cómo llegar hasta un vestuario que había en la estación, y Leandro comentó

–Éste no es San Francisco de Asís. De seguro que no es de la orden jesuita. Esos son fieles de verdad. Andan descalzos o en franciscanas. Por lo menos así era en varias películas que vi.

–Sí es verdad, tenés toda la razón, prosiguió Guido, quien estaba muy por debajo en la línea de jerarquía. Tenía la costumbre de asentir a todo lo que decía su superior. Y halagarlo en cada uno de sus dichos; por ese camino y con el paso del tiempo, todo indicaba que ese muchacho iba a ascender rápido en la fuerza policial.

Y agregó, para seguir en la misma línea:

–Para mí que eso de que es cura es una pantalla, una reivindicación. O una manera de despistar. Para mí sigue siendo un delincuente.

–No, tampoco la pavada. No te pases de la raya, Guido. Yo creo que sí, que verdaderamente abraza la fe.

–Sí, tiene usted razón, siguió Guido, cambiando nuevamente de opinión y girando de una dirección a otra como lo hace una veleta de barco cuando cambia el viento. Lo estaba diciendo casi sin pensarlo. Este tipo es muy valiente. Y debe ser también un excelente evangelizador.

Mientras terminaba de decir eso, el Pastor hacía su aparición de manera rápida y mesiánica.

Con el pelo mojado, y después de darse una rápida refrescada, calzando unas zapatillas dos talles más grandes, con voz clara y segura, disparó:

–Estoy listo, muchachos.

Ambos se miraron casi sin entender su cambio de actitud y personalidad.

Capítulo 6. Charlotte: buscando oxígeno en la cabina

La tripulación había quedado distraída. Ya habían terminado el servicio de a bordo, y quedaban varias horas por delante hasta el desayuno. El tema de conversación: Marcos Tornatore y Nicolás Pertino. Dos hombres atractivos. Aunque uno de ellos en mejor posición. El héroe, el salvador. Quizás el seductor. El otro, por ahora el del desmayo, el del colapso. Quizás el miedoso. El que informaba a los cuatro vientos "yo soy piloto".

Corrieron la cortina del *galley* y empezó el cuchicheo.

–¿A ver la tarjeta que te dió? dijo la más vieja del grupo. Marcos Tornatore, Presidente. Mmm eso ya me gusta. ¿Y para qué les dio la tarjeta?, preguntó Charlotte.

–No sé, no entendí, dijo Micaela, lo único que dijo fue "por si alguna vez necesitan algo".

–Mirá, no sé si será piloto, ni me interesa, replicó Charlotte. Ya tenemos muchos pilotos por acá. Demasiados, te diría. Pero lo de empresa aérea y presidente me encantó, prosiguió la más antigua y experimentada en toda la cabina. Rozaba los cincuenta y cinco años. Treinta de profesión. Y era casi como una madre para las otras chicas. ¿Lleva anillo?

–No sé, fue tan grande el alboroto que ni nos fijamos, acotó Samantha, la tercera de las auxiliares.

–Bueno chicas, ya saben. En un rato van a ver si está bien, si necesita algo. Y me traen ese dato, no menor, finalizó Charlotte.

Mientras tanto, Pertino disfrutaba de las mieles del éxito repentino. En su mano derecha, una copa de champagne, y sobre su mesa desplegada unas nueces y dátiles, lo que nunca se hubiera imaginado desde su vulgar asiento turístico del fondo; donde era el pasajero de la discordia, en el medio en una fila de cuatro ocupantes. Ya estaba pensando en cómo saltar sobre las piernas de los otros dos pasajeros, que seguro estarían dormidos en un rato más de vuelo. Pero éstas eran otras mieles. Y a su lado un enorme y confortable asiento de pana vacío.

El triple siete continuaba raudo y veloz, volando bien alto. Tan alto como quería volar Marcos en un futuro. Sentado en el lujoso cockpit de un Gulfstream, la meca de los megaempresarios, señores casi de otro mundo, que aparecen en los primeros puestos de la riqueza, en la revista Forbes, y con su mente puesta en las excentricidades, porque no saben en qué invertir o derrochar su dinero.

Pero esa cabina de primera clase destilaba hormonas masculinas de alta calidad, y en el *galley*, encerradas entre cortinas, estaban las tres señoritas. Una de ellas estaba dispuesta a lanzar los dados de la suerte a manos de un apuesto y promisorio empresario. Como en esa ridícula escena de la película 'Propuesta Indecente' con Robert Redford. Por ahora yacía casi dormido, en recuperación de un atracón o de un golpe anímico, luego de leer una noticia sobre su ahora amigo, y hasta casi socio Ángel "el Pastor" Patrilli.

"¿Por qué tuvieron que atacarlo así? Si es una buena persona que predica la fe". Marcos reflexionaba casi olvidando quién había sido Ángel Patrilli en el pasado. Casi sin recordar que unos años atrás había sido la causa de su vida maltrecha, y de sus continuos fracasos, pensaba en él como alguien que luchaba solo por sobrevivir, por recuperarse. Como se lo había dicho el mismísimo Patrilli, uniendo los fragmentos del vidrio interior que había literalmente roto.

Y mientras pensaba en todo eso, empezó a pensar en otra cosa. Tenía el antifaz puesto, su mente volaba más alto que el avión y se veía en el simulador demostrando su destreza, resolviendo fallas, plantadas de motor, fuegos a bordo, y por qué no, un descenso de emergencia por alguna causa grave que lo ameritara.

Empezó a sentir miedo. "¿Y si no apruebo? ¿Y si todos estos años como copiloto fueron una farsa? ¿Si realmente no estoy a la altura de la situación? ¿Y si sólo sirvo para ser el dueño de la empresa, y estos años volando fueron sólo una consecuencia de esa situación?" Se sentía afectado. "Usted no tiene ideas de las distancias". Esa fue la frase que se le vino a la cabeza. La del examen de piloto privado, bajo la mirada ardua y exigente del ácido inspector.

"¿Y si el instructor y examinador de Miami eran aún más rigurosos?" Ahora no iba a haber buen aterrizaje que lo salvara. Era otro tipo de destrezas las que se medían. La primera y fundamental, que tuviera el temple y la frialdad para resolver de manera correcta situaciones que, a otros mortales los llevarían a un ataque de pánico. ¿Le serviría en este caso recordarse: "soy un negociador'"? Todo estaría por averiguarse, en unos días. Mientras se debatía entre todo eso, sucumbió, y cayó dormido hacia un costado del espacioso asiento de pana.

Pertino, unas filas más atrás, andaba por otro camino. No tenía dudas en la vida. Sólo quería viajar, conocer mujeres exóticas, y disfrutar de su nuevo estatus de pasajero. Un doctor, el más conocido en ese avión, dispuesto a transformar su próxima estadía en Miami en la mejor vacación de su vida. Muchas filas más atrás había quedado Mariano. El "negro" Mariano, como le decían. Su ladero de batallas en las noches de Buenos Aires. Pero Nicolás casi lo había olvidado; estaba tan autorrealizado que por esos momentos, el negro Mariano era tan solo un tenue recuerdo. Las playas de Miami me esperan. "Allá voy", parecía decirse desde la comodidad de su asiento. Samantha volvió de una recorrida de cabina, atenta a esa mano, que efectivamente llevaba un anillo de oro blanco.

–Ese apuesto caballero lleva alianza.
–¿Estás segura? ¿Viste bien?, preguntó Charlotte preocupada.
Tan segura como que me llamo Samantha, prosiguió su compañera.
¿Por qué siempre tengo que tener tan mala suerte? ¿Dónde se consiguen esa clase de hombres? ¿A qué lugares tengo que ir? Lo que no se daba cuenta era que la vida real, estaba muy lejos de vivir varios días de la semana lejos de su casa y a 10.000 metros de altura.

Ese estilo de vida lujurioso, ese espejismo de hoteles cinco estrellas, habían hecho de su vida una pantalla, una que había pasado demasiado rápida, y la había dejado vacía. Llevaba años de terapia, y el tema siempre era el mismo. ¿Dónde lo voy a encontrar?, le preguntaba a su psicóloga. ¿Por qué si la mayoría de mis compañeras encontraron pareja y formaron una familia, yo sigo así sola, siempre esperando? La licenciada estaba harta. No tenía la receta, la fórmula mágica. Si Charlotte hubiera sabido que su vida era otro desastre sentimental, seguramente habría dejado de pagar los altos honorarios que se le escurrían en cada consulta. Pero la licenciada se mostraba firme, consejera, sin fisuras. No quería desanudar su embrollo sentimental, no se permitía aflojar, y decirle: "¿Sabés una cosa, Charlotte? Mi vida sentimental también es un caos. No encuentro el amor. Estoy frustrada y desanimada. No hay terapia en el mundo. No hay corriente psicológica que resuelva mágicamente tu problema, ni el de miles de mujeres, quizás millones". Tenía que mantenerse, segura, indagando el pasado de Charlotte, volviendo a su infancia, analizando sus primeros años, desentrañando ese círculo vicioso, esa madeja imposible de deshacer, hasta para el mismísimo Sigmund.

Diez años de sesiones. Diez años analizando. Años que le podrían haber dado un hermoso departamento, o ahorros que le dieran tranquilidad, cuando dejara de surcar los aires.

–No te preocupes, Charlotte, ya va a aparecer, le dijo Samantha. Lo último que se pierde es la esperanza. Cuando menos te lo esperes, va a aparecer.

–Hombres... hombres acotó Micaela. No son la solución de nada. Lo único que traen son problemas. Son todos iguales. Ya lo decía mi abuela: no te cases nunca, nena. Sé inteligente, no hagas como yo, que sometida a tu abuelo perdí los mejores años de mi vida.

Charlotte no lo soportó más y abrió las cortinas.

–Me voy a dar una vuelta. Voy a tomar un poco de aire, que me está haciendo falta.

  Pero el paseo era por demás artificial, casi en la oscuridad, en una avenida angosta de no más de 65 metros de largo, esquivando piernas y respaldos, en un ambiente viciado, por la exhalación de cientos de personas al mismo tiempo. Pero ella sentía su liberación allí arriba. Se sentía libre como el vuelo del águila y respirando aire más puro que en lo alto de una montaña. Luego de recorrer el avión, y de supervisar a su tripulación, lo vio. Con el antifaz levantado, y la luz de lectura encendida.

—¿Necesita algo, señor? ¿Se siente mejor?

Después de un breve *delay*, Marcos levantó la cabeza e intentó hacer contacto visual. No lo lograba, en la penumbra de la cabina, acondicionada para que el pasajero durmiera plácidamente.

—¿Cómo dice, señorita?

—Gracias por lo de señorita, respondió Charlotte. ¿Cómo se siente después del percance que tuvo?

—Bien, mejor. Gracias.

¿Por qué era tan formal? ¿Cómo tenía que hacer para que mute en otro, el animal, el desenfadado? En algún lugar, escondido, debía estar. Y buscó por dónde podía acertar. —¿Así que usted es piloto?

—Así es, respondió Marcos, hinchado de satisfacción. Hace muchos años ya, exageró. Lo que no se daba cuenta era que a pocos metros tenía una competencia feroz, mucho más experimentada. Que él era sólo un aprendiz, frente a tres experimentados pilotos en la cabina de vuelo.

—¡Que bien señor! Lo felicito, improvisó Charlotte, que quería avanzar con la charla.

—No me digas señor, me hacés sentir más grande de lo que soy.

—No quería faltarle el respeto tuteándolo, pero ahora que lo decís... ¿Volás por placer o por trabajo? ¿Qué te lleva por Miami?

Disparó dos preguntas juntas, quedando un tanto expuesta. Pero Marcos necesitaba salir de esa sensación de debilidad en la que había quedado sumido por el desmayo.

—Vuelo mitad por placer, mitad por trabajo.

—¿Y cómo es eso?, preguntó Charlotte.

—Sucede que soy el dueño de la compañía, así que vuelo cuando tengo ganas. ¡Cuando tengo ganas de sacar las ruedas del piso!

—Qué bueno poder hacer eso, qué libertad debés sentir. Yo muchas veces tengo ganas de volar, pero otras tantas tengo ganas de quedarme en casa, ver una película, o juntarme con amigas. De esa manera, en forma solapada, Marcos estaba recibiendo el mensaje: estoy sola, vivo sola, estoy disponible. Pero Marcos estaba atormentado por Patrilli, por sus nuevos miedos de fracasar, sobre todo en el simulador. Y todo eso, más allá del coqueteo, le había llevado la libido a cero.

Charlotte empezó a sentir dolor en sus piernas, por estar en cuclillas, en una mala postura, y dándose cuenta que la charla no iba hacia ningún lado.

–No lo molesto más, siga descansando y recuperándose, dijo de pronto. Cualquier cosa que necesite, no tiene más que llamarme, o acercarse al *galley*. Así le decimos a la cocina, dónde está la luz prendida, y las cortinas. Tengo varias horas de guardia por delante, así que si no puede conciliar el sueño o de repente tiene deseos de hablar, ahí voy a estar. Dio media vuelta y se esfumó en medio de la penumbra del Boeing, que continuaba casi invisible, atravesando nubes, esquivando tormentas, y enfrentando alguna que otra turbulencia.

Capítulo 7. El interrogatorio

El tipo era un verdadero camaleón. Mutaba constantemente. Y eso desorientaba a los oficiales, que acostumbrados a tratar con todo tipo de personajes, no lograban encasillar a éste, el más exótico de los que les había tocado interrogar. Más seguro que un estudiante defendiendo un final en la mesa examinadora, comenzó un claro y detallado relato.

–Todo era calma en el convento, como todos los días. El silencio, el mayor ruido. Dormía profundamente, hasta que algún tipo de ruido me sobresaltó. Pensé que podía ser mi imaginación. Un soñar despierto, pero no. Los ruidos cada vez más fuertes se iban sucediendo. Pensé que podía ser un robo. Pero a quién se le podía ocurrir, robar un austero convento. Pero abundan los descarriados, los intoxicados. Los que necesitan una guía, la prédica. Pero a veces están ya demasiado perdidos, y aunque hagamos el intento, no vuelven nunca más.

Pero este no era el caso. Bajé las escaleras, escuché disparos y al verlos corrí nuevamente a mi habitación. Querían derribar la puerta, y cuando comprobé que estaban por lograrlo, me lancé al vacío. Caí sobre un techo a dos aguas, y deslizándome sobre él, terminé en un lote lindero. Atravesé la casa, bajo la desoladora y miedosa mirada de sus ocupantes. Me confundieron con un asaltante. Nada más doloroso que eso. Les juré mi inocencia, les recordé quién era. No me creyeron y empecé a correr. Iban tras mis pasos. El único lugar que encontré fue una estación de servicio. Envuelto en los peores olores, me quedé adentro del baño de damas. No sé durante cuánto tiempo. Me pareció eterno. Cuando creí que ya no había peligro alguno, decidí salir. Y ahí me interceptaron. El resto es historia, pregúnteselo a los agentes. Tengo miedo, mucho miedo. Necesito protección.

–¿Quiénes son?, interrumpió Leandro.

Hubo silencio.

–¿Quiénes son?, volvió a interrogarlo.

–Los del cartel de Cochabamba.

–¿Quiénes?, insistió Leandro.

–Los narcos. Son los narcos.

–Eso pasó hace mucho tiempo. ¿Está seguro que el ataque tiene que ver con eso?

–No tengo duda alguna. Son ellos.

–¿Cómo lo sabe?

–Por el proceder. Por cómo se manejan. Son profesionales. Van directo al blanco. Y yo era su blanco.

–¿Y si son tan profesionales, por qué siempre fallan?, interrumpió Guido, bajo la mirada atenta y de desaprobación de su superior.

–No lo sé. Realmente no lo sé. Debo tener suerte. Debe ser mi Dios que me sigue a todas partes y me protege. Otra opción no veo.

–Yo tengo otra teoría. Guido volvió a tomar la palabra sin pedir permiso. Usted era un arma mortal. Un verdadero soldado. Y eso se lleva en los genes. El entrenamiento y las experiencias que tuvo lo forjaron hasta la eternidad.

–¿Qué estás diciendo, Guido? ¿Por qué no haces silencio? Este interrogatorio lo manejo yo.

–Perdón jefe, le dijo. Me pongo muy ansioso y quiero ayudar.

–Ahora no es el momento. Callate y escuchá. Se dirigió al Pastor. Disculpe Patrilli. Disculpe las interrupciones de mi subordinado. Ya voy a hablar con él más en detalle, cuando termine esta conversación.

–Si me permite, creo que su compañero está en lo cierto.

–Yo fui una vez otro. Lejos del que ve. Un desperdicio de ser humano. Una vergüenza.

–¿Por qué dice eso? Usted era un policía de élite, posición a la que pocos llegan. Y por lo que escuché uno de los mejores.

–Sí, es verdad, pero tanta violencia terminó por confundirme. Me enajené. Perdí el foco. Y cometí hechos atroces. Pero ya me arrepentí. Ya pagué por eso en la cárcel. Ahora soy el que usted ve. Un ser racional. Un escritor. Pero principalmente un hombre que abraza la fe, con tanta o más fuerza que la que alguna vez puse en el cuerpo.

–Si eso lo sabemos, lo veo, y muy claramente. ¿Pero a qué le teme?

–¿Está usted ciego? No acaba de escuchar mi relato. Soy hombre muerto. Estos tipos no van a parar. No se van a detener hasta obtener lo que realmente quieren. Mi cabeza.

Quédese tranquilo, Pastor, para eso estamos nosotros.

Pero, ¿si no estoy seguro en un convento, dónde podría estarlo? Yo ya encontré la paz. Pero estos tipos quieren arrebatármela. No solo la paz. Se quieren llevar lo más valioso que tengo. Mi vida.

Intencionalmente en blanco

Capítulo 8. ¿Sólo turbulencia ligera?

El Boeing 777 parecía el *Crucero del Amor*. Charlotte entre pulsiones detrás de las cortinas. Pertino jugando a ser Richard Gere en *Sin aliento*. Y Marcos Tornatore, un seductor, dormido, aletargado, una vez más, confundido. Envuelto en contradicciones. Viviendo un mundo contradictorio. Queriendo sentir lo que nunca lograba sentir: plenitud, desde que empezaba su jornada, y ganando batallas, en cada segundo de su vida.

Pero ahí estaba, una vez más, dándose lástima. Siendo vulnerable y sintiendo emociones. Todas sensaciones que él quería eliminar de su repertorio. Aún así provocaba, vaya a saberse por qué extraño mecanismo, el delirio de la platea femenina, así que aunque se sentía derrocado, en ese sentido triunfaba con los brazos en alto, como si estuviera en un podio de Fórmula 1.

"¿Qué pasa que no viene? ¿Qué hace sentado en ese asiento descomunal. ¡Acá estoy! Una mujer experimentada, dulce y sensual. Irresistible. Sacó la tarjeta una vez más. La contemplaba como si le dijera algo. Mmm, Marcos Tornatore, vas a ser mío. Ya vas a ver. Nadie se resiste a los encantos y a la mano de Charlotte."

Pero Marcos seguía en otro planeta. Buceando como siempre en su interior. Perdiendo los indicios que muchas veces la realidad le mostraba a gritos. Tuvo sed. Miró el botón, el que estaba al lado de la luz de lectura. El que servía para llamar a la aeromoza. Estiró el brazo, y cuando a punto de pulsarlo, decidió pararse.

"A ver si me da una trombosis. ¿A ver si soy víctima del síndrome de clase turista?" No se daba cuenta en ese caso que estaba en primera clase, la separación entre asientos era enorme, y las extremidades estiradas eran una garantía contra los trombos. Pero sin entenderlo, sin saber por qué, salió veloz hacia la maldita cortina. Y sin más la abrió.

–Disculpe, señorita. Tengo sed.

–¿Por qué no pulsó el botón de llamada? ¿Para qué se levantó? Está usted viajando en primera clase, señor Marcos.

–¿Cómo sabe mi nombre?

–La atención en primera clase es muy personalizada, señor.

Marcos miró desconcertado.

–La tarjeta. Su tarjeta. ¿Lo recuerda?

–Lo había olvidado. Debe haber sido el desmayo. Perdón.

–No tiene por qué disculparse conmigo. Acá está Charlotte dispuesta a hablar de cualquier tema.

Con tantas horas de vuelo por delante, Marcos decidió confesarse en la penumbra, ante una desconocida. ¿Qué riesgo podía correr?

–Resucité. Había caído a lo más bajo.

–¿A qué se refiere? ¿Al desmayo?

–No, nada de eso.

–A mi vida. Casi perfecta. Hasta que sucedió.

–¿Qué cosa? No lo entiendo. No logro seguirlo.

–Dejémoslo ahí. Ya está, mejor hablemos de otras cosas.

Pero Charlotte, que sabía lo que era caer en un pozo ciego, sintió tremendo interés en su relato.

–Por favor, soy toda oídos, y muy buena escuchando. Vamos, hombre, cuénteme. No se haga rogar...

–Soy empresario. Soy exitoso. Mi vida era un ascenso constante. Hasta ese día.

Hizo una pausa, frenó el relato de golpe.

–¿Qué día? ¿ Qué pasó?

– Como todos los días, salí a sacar la basura. Pero ese no iba a ser un día más. Iba a marcar un punto de inflexión, me iba a enfrentar con el enemigo más poderoso. Conmigo mismo.

Charlotte lo miraba. Este tipo está delirando. "¿Qué me quiere decir? ¿De qué está hablando? ¿De sacar la basura?"

Parecía una charla de locos, Marcos intentaba comenzar el relato. No podía. Se frenaba. Charlotte empezó a desconectarse, a divagar con su mente. Y quedaron cara a cara, pero incomunicados. Era una cámara lenta de gestos indescifrables. Ni un especialista en la comunicación no verbal podría haber adivinado qué pasaba entre ellos. Los gestos eran confusos, incongruentes, con mensajes antagónicos. Y Charlotte, que estaba tan dispuesta a escuchar, cayó en una especie de soponcio, de desconexión. Una escena bizarra. En un *galley* a media luz, adentro de un caño de 65 metros de largo, y a 10.000 metros de altura. Antes de que pudieran retomar el diálogo, el cartel de cinturones se encendió. El avión empezó a vibrar.

–Discúlpeme, se tiene que ir a sentar. El capitán encendió el cartel de cinturones.

Como un sonámbulo en medio de la noche, casi tanteando llegó hasta su asiento. Y la voz de Charlotte empezó un claro pero contundente mensaje.

–Señores pasajeros, su atención, por favor. El comandante nos informa que estamos atravesando una zona de ligera turbulencia. Por favor manténganse sentados, y con el cinturón de seguridad ajustado. Muchas gracias.

Las burbujas del champagne lograban mantenerlo optimista, feliz. Pertino seguía casado con su momento. Estaba embelesado con sus cinco minutos de fama. Con su sensación de pertenecer. Pero Marcos empezó a sentir algo de preocupación. Sus instintos de piloto le hacían intuir que ese movimiento inicial, podía transformarse lenta o abruptamente en algo más delicado.

Se ajustó más fuerte el cinturón, enderezó su respaldo y pensó: "Espero equivocarme, pero este avión se va a descontrolar en cualquier momento".

Y no estaba equivocado. Un minuto después, el triple siete era puro descontrol. Un pasajero en la mitad del avión vio cómo se sacudían las alas, cómo se movían. "se van a partir", le dijo a su esposa, mirándola con desesperación. Él no sabía que las alas eran elásticas. Que ese movimiento que veía era natural y necesario para mantener la estructura íntegra.

–¡*Shit*! gritó de pronto Marcos. Ya estaba americanizado. O estaba compenetrado con su futuro curso en el simulador.

El avión empezó a caer. Estaban atravesando lo que vulgarmente se llama "pozo de aire".

Seguro que si cae después se recupera, y sale para arriba, como para compensar, pensó Marcos. Y así fue, después de la brusca bajada, empezó la recuperación. "¿Será el piloto el que está operando o un milagro del piloto automático? Cuando baje, se los voy a preguntar. Me voy a presentar como piloto, y les voy a pedir que me expliquen". Mientras pensaba eso, varias filas más atrás, un joven sentía que ese iba a ser su último vuelo. Que el avión iba a terminar en un *crash*.

Charlotte estaba tranquila, había pasado muchas turbulencias. Ésta era una más. Pero estaba ya harta del movimiento del avión, de las turbulencias, de las tormentas. "¿Por qué no habré elegido otro trabajo?, se preguntó en ese momento. ¡Si casi me dedico a ser maestra jardinera! Eso debería haber hecho. Menos varices en las piernas, una piel menos estriada, y más segura, con los pies en el piso". Siempre se decía lo mismo. Pero cuando el momento pasaba, se olvidaba rápidamente, y el amor al vuelo podía más.

El avión empezaba a recuperar la tranquilidad. Los pasajeros, los temerosos, empezaron a respirar profundamente, aliviados. "Ya todo pasó", se decía el joven, bañado en sudor, producto de la tensión y la desesperación. Pero como en esos terremotos en los que después del movimiento más fuerte de las placas, vuelven las réplicas, el Boeing empezaba a sacudirse una vez más.
"¿Qué pasará ahí adelante? ¿Qué pensarán mis colegas? ¿Lo habrán advertido o los habrá tomado por sorpresa? ¿Se los habría advertido el meteorólogo, que en esa parte de la ruta iba a haber turbulencia?"
Realmente no lo creía. Un rato antes, el capitán de la aeronave había hecho un anuncio, saludando a los pasajeros, y comentándoles que la ruta estaba muy buena. Disfruten del vuelo, habían sido sus últimas palabras. Pero a esa altura ya nadie disfrutaba de nada. Ni siquiera Pertino, que estaba en su "planeta éxito", escapó a ese sentimiento.

–¡La puta madre!, exclamó. ¿Por qué se tiene que mover está mierda?, dijo así de golpe, como entrando en tensión, y poseído momentáneamente por el miedo.

"Espero que el piloto sea bueno y esté entrenado; no como esos cirujanos que tienen gran reputación, pero que de grandes operan cada vez menos, pierden la práctica y son grandes teóricos, sin embargo, les tiembla el pulso". Y de pronto tuvo una reflexión fatalista. Si nosotros nos equivocamos muere una persona, si se equivocan los que están acá adelante, morimos todos.

Pertino de pronto, era el más pesimista entre los pesimistas. El alcohol y las burbujas no le sacaron el miedo, ni habían logrado exacerbarle los sentidos. Estaba ahora envuelto en temor. Casi en terror. Que haga otro anuncio. Que el piloto diga ahora que todo está bien. Que se mueve pero nada más que eso. Pero la realidad era que el piloto automático estaba haciendo su trabajo, bajo la mirada atenta y supervisión de los dos jinetes del aire; tal era el movimiento que el instrumental parecía borroso, algo indescifrable.

–Es en aire claro, le dijo el copiloto a quien estaba a cargo.

–Sí, no hay nada, prosiguió el capitán. Pedile descenso ya.

El Boeing inició un abrupto descenso.

–Preguntale al control si tiene algún reporte de turbulencia en niveles más bajos, ordenó el capitán, con una voz por demás expeditiva.

Bajaron de nivel 380 a 340. Estaban tanteando si cuatro mil pies abajo el aire estaba más calmado.

–Otra aeronave en la misma ruta, hace treinta minutos, no reportó turbulencia a nivel 320, dijo el control.

Mientras seguían en descenso, el copiloto acotó.

–Ya sabemos entonces, si a 340 se mueve continuamos para abajo...

–*Check*, respondió el capitán.

En menos de dos minutos la aeronave retornó a la normalidad. Todo era calma nuevamente. Pero los corazones de varios pasajeros seguían latiendo con gran intensidad. Entre ellos, el del especialista en el cuerpo humano: Pertino. Finalmente llegaron las tranquilizadoras palabras del capitán.

–Señores pasajeros, les habla nuevamente el capitán. Quería llevarles tranquilidad. La turbulencia fue algo pasajero, sin fenómenos meteorológicos significativos. Sólo turbulencia en aire claro. Hemos cambiado el nivel de vuelo, para lograr un mayor confort en la cabina. Sigan disfrutando del vuelo.

Pertino, uno de los más enojados con la situación, seguía mascullando improperios, ahora contra el capitán. "¿Cómo que sigan disfrutando del vuelo?, si recién nos cagamos a palos. Si son expertos del aire, por qué no cambiaron el nivel antes, y nos evitábamos todo este movimiento descontrolado y desarticulado". Algunos *bines* se habían abierto, pero por suerte para todos, nada había caído desde allí arriba.
Se apagó la luz de cinturones de seguridad, fue un buen augurio.

Charlotte se levantó como un resorte, y empezó a recorrer la cabina. Quería chequear que todo estuviera bien. A poco de levantarse, se encontró con su pasajero preferido, el elegante Tornatore. En un lapso de orgullo hizo como que no lo vio. Pasó con la mirada en alto, concentrada. Como si estuviera atenta al resto de los pasajeros. Pero había sólo uno que le interesaba. Con la vista periférica pudo darse un pantallazo. Estaba tan lindo como hacía un rato atrás. La turbulencia no había cambiado un solo tono de su bello rostro. "Después de todo quizás sea verdad que es piloto", elucubró ella. Pero siguió hacia atrás. Traspasó la cortina que separa las clases. Con la misma concentración, hizo un pantallazo de la situación. En principio, nadie parecía descompuesto. Las luces estaban con un poco más de intensidad y todo parecía estar controlado. Volvió tras sus pasos hacia su cabina. El capitán, un experto en CRM (*Crew Resource Management*) y factores humanos, llamó por el *interphone*.

–¿Cómo está todo por atrás? ¿Se movió mucho?
–La cabina aparenta estar bien. Nada que me llamara la atención. Sólo unos *bines* que se abrieron. Pero sí, se movió mucho.

–Fue una turbulencia en aire claro, no pasa nada. Pero cambiamos el nivel. Todo indica que a partir de ahora, el vuelo va a seguir más tranquilo.

–Quizás por un poco de tensión, estrés, o simplemente para mantenerse activo y despierto, le pidió un café fuerte con dos de azúcar.

–Cómo no capitán, ya se lo llevo.

Lo estaba preparando, cuando desde otra estación se escuchó un anuncio por el *Public Address*, el teléfono de a bordo: su atención por favor, se solicita con urgencia un médico a bordo, muchas gracias. "¿Otra vez? ¿Y ahora que pasó?" Se preguntó Charlotte "¿Qué más va a pasar en este vuelo?"

Intencionalmente en blanco

Capítulo 9. Cartas peligrosas

–La cárcel. Ese es el único lugar seguro para mí. Llévenme a Ezeiza. Póngame en una zona segura. O si no, trasládenme a Devoto. Quiero ver a los muchachos. Los extraño. Las cartas que intercambiamos no me alcanzaron. Necesito verlos.

–¿Dijo cartas, Pastor? ¿Intercambió cartas con los reclusos?

–Sí, con los muchachos. Es lo menos que podía hacer. Los estaba enderezando. Los estaba encarrilando. Mi prédica empezaba a ser eficaz con ellos. Pero me separaron abruptamente. Me trasladaron a Ezeiza por la condena, sin más. Ni me pude despedir.

Leandro trataba de seguir atentamente sus palabras. Pero no podía. Algo le había hecho ruido, y lo interrumpió abruptamente.

–Pare usted, Pastor. Pare por favor su relato.

–¿Qué pasa? Preguntó Ángel desconcertado. ¿Qué dije?

–¿Dijo usted que intercambiaba cartas?

–Así es, señor.

–¿Y cómo hacia llegar esas cartas al penal?

–¿Cómo, cómo hacía? No entiendo la pregunta.

–¿Las llevaba personalmente?, a eso me refiero.

¿Qué importancia tiene?. Simplemente se las hacía llegar. Como le decía mi cambio de destino fue abrupto y se cortó mi adoctrinamiento. Así que tiempo después retomé el contacto. Ellos me lo agradecían mucho. Sus palabras me llenaban el corazón.

Guido empezó a mirar con desconfianza. Tenía una opinión formada de los reclusos, y era que no cambiaban más. Que la cárcel no los reformaba. Solo podía llegar a empeorarlos. Interrumpió bruscamente la conversación.

–¿Y los encarriló a esos malandras?

–¿Cómo dice?

–¿Si los pudo encauzar a esos malnacidos?

Y antes de que Leandro pudiera retomar, Guido continuó su acotación.

–En la cárcel está lleno de infiltrados. Está lleno de tipos que venden información a cambio de algo. Reducción de condena, privilegios, paquetes de cigarrillos. Favores sexuales. ¿No les habrá dado información sobre usted, no?
–¡Guido, te podes callar! Gritó esta vez Leandro. Tu interrogatorio llegó hasta acá. Retirate de la sala. Voy a pedir tu transferencia.
–Yo solo quiero ayudar, acotó, con voz entrecortada mientras dejaba la habitación algo cabizbajo.
–Le pido disculpas por la nueva interrupción.
–¿Qué era lo que estaba diciendo este chico? Sus dichos son una burla al Servicio Penitenciario.
¿Acaso los años de prédica le habían hecho perder el olfato policíaco? ¿O su idealismo de la bondad le hacían perder contacto con la realidad?
–Entonces debe entender por qué lo eché. Tantos años en la fuerza usted, y condecorado. Faltarle el respeto de esa manera brutal y descortés.
–Esos años quedaron atrás. Ya casi ni los recuerdo. Mejor dicho, son un mal recuerdo en mi vida. Sólo existieron, para que llegara adonde llegué. A esta vida profesando la fe. Sepa usted, a veces hay que atravesar caminos desviados para llegar a determinado lugar. Está todo interconectado. Si no hubiese cometido todos esos errores, ¡seguramente hoy no sería quien soy!

Evidentemente había entrado en una nueva dimensión en su nueva vida. Un novato podría haberse dado cuenta de los riesgos que podían suscitar intercambiar esas cartas. Pero así era el Pastor. Un tipo que ahora tenía cabeza para el bien. Y cualquier mal pensamiento era alejado de su mente tan rápido como antes tomaba su arma y disparaba. Una dicotomía sólo adjudicable a la gracia divina.
–Esta noche la va a pasar acá. Necesita protección. No lo podemos poner así porque sí en la calle. Tiene usted razón no está seguro allí afuera. Sean los narcos que dice, sicarios, o miembros de alguna secta o banda, pueden volver a atacar.
–¿Y acá estoy seguro?

–Más seguro que adentro de una bóveda del Banco Central de la República Argentina. Acá está sellado.

Pero Patrilli estaba sentido… tocado. Se sentía débil, vulnerable. Tan cercano a la doctrina, tan aferrado a los libros, que de golpe se dejó abrazar por el temor. Temía por su vida. Pero más que por desaparecer él de este mundo, temía por todos los que podían quedar desprotegidos sin su existencia. Se sentía paranoico. Mientras Leandro le estrechaba la mano y le daba un fuerte abrazo, empezó a imaginar las peores cosas, dignas de un lunático. Quizás estaba en estado de shock. Pero recordó la película *Terminator*. La primera. Cuando todo eran disparos, ruidos, explosiones, y los agentes iban cayendo uno a uno como si fuera en un efecto dominó.

Sintió que esa comisaría podía ser atacada como la de la película. Y aunque la ciencia ficción fue llevada al extremo, en su mente se veía más que real. Sentía un miedo que lo paralizaba, casi tanto como después del vuelco en la cupé Hyundai por las calles limeñas.

La noche se le hizo larga, muy larga. Y entresueños, recordaba aquellas noches como seguridad en el bar *Popeye*. Esas noches que para él estaban a un millón de años. En una escala casi sin tiempo.
Y quería borrar aquella, la del disparo, que sin saberlo había ido en la dirección de un jefe narco. Así que mientras Tornatore hubiera querido no salir a sacar la basura aquella noche, Patrilli deseaba no haber estado en *Popeye*. Se podría haber enfermado. O podría haber caído preso de una borrachera que le hubiera impedido ir a la jornada nocturna.

Pero nada de eso había sucedido. Había estado ahí. Y se había creído más que todos. No le importaban los musculosos, los tipos armados. Los gitanos, o los narcos. Él se sentía más bravo y letal que cualquiera. Y empezó a pagar con el paso del tiempo su hidalguía extrema. Hasta ahora, estaba acobardado. El más temeroso de los mortales. Así era Patrilli. Un ser violento que ahora aborrecía la violencia. Un inculto que predicaba la fe. Un neófito transformado en tendencia literaria. Todo eso era Ángel, y más, mucho más.

Intencionalmente en blanco

Capítulo 10. Guerra virtual e imaginaria

Pertino casi no reaccionó. Las burbujas del champagne lo habían arrancado de la realidad. Se veía a sí mismo en las playas de Miami. Con su cuerpo marcado, un tono excepcional en su piel por el paso de los días. Aclimatado. Estaba dispuesto a disparar contra cualquier objetivo. Cualquiera que reuniera sus expectativas. Entre 20 y 30 años, con curvas, emanando sexualidad, y con una mirada o actitud que le dejara al menos el menor resquicio para hacer su trabajo. Cual cirujano en la mesa del quirófano, con un movimiento preciso y casi perfecto hacerse de la codiciada presa. Pensaba entrar al mar con una de esas deidades, y admirar como la ola rompía contra un bikini estrecho y una piel apetitosa. Pero un segundo anuncio lo sacó de la secuencia de su imaginación. No estaba todavía en su destino. Seguía a bordo, algo mareado, inepto para revisar a otro ser humano.

No se levantó. Tiene que haber otro médico en este avión. No puedo ser el único. Debe haber 250 pasajeros a bordo. No puedo ser "uno en doscientos cincuenta". Está bien que soy único e irresistible, pero no hoy. Quiero ser uno más. Quiero un avión lleno de médicos.

Para su infortunio, nadie se levantaba. Pero él ni se percataba de eso. El grueso de los pasajeros estaba detrás de esas cortinas. Sencillas cortinas pero conteniendo un significado inequívoco. El de pertenecer a otra clase o ser un pasajero más, el más común de los mortales.

Allí atrás había un pasajero en el piso. Ese joven, el miedoso. Una de las chicas buscaba en vano su pulso. Ni en el cuello, ni en la muñeca. Parecía respirar, pero todo era confusión por el nerviosismo del momento. Inició las maniobras de resucitación (RCP) tal como se lo habían enseñado en el curso inicial de *cabin crew*, y repasaba cada año en el recurrent de conocimientos médicos. Otra compañera la ayudaba, ya que la maniobra era más fácil y menos desgastante si se realizaba de a dos.

El *interphone* de Charlotte sonó.

–No hay ningún médico por acá atrás, inició su relato Stephanie, la comisario encargada de la parte posterior del avión. El pasajero está muy mal. Las chicas iniciaron el proceso de resucitación.
–¿No habías pasado un médico a *business*? ¿Se reportó?
–No se levantó.
–¿Es tan grave la situación?
–Sí, parece realmente grave. El panorama se ve feo. De mal pronóstico.
–Aguantá, quedate tranquila. Ahí te lo mando. Ya mismo.
Se levantó, enojada. Fue directo hacia Nicolás. Pertino con unos auriculares parecía tararear una canción. Sus ojos estaban entrecerrados. Tuvo que tocarle el brazo. Lo zamarreó un poco.
Entró en realidad bruscamente.
–¿Qué hace?, le preguntó a Charlotte. ¿Por qué me despierta así?
–Discúlpeme, doctor. ¿No escuchó el anuncio?
–¿Qué anuncio?
–Hay otro pasajero descompuesto. Desvanecido.
–Debe ser el miedo a la turbulencia. El avión se movió mucho, respondió sin comprometerse con la situación. ¿No hay otro médico a bordo? Mejor dicho pida por un psicólogo. Ese pasajero debe tener fobia al vuelo.
–Si no se levanta ahora mismo, no sólo que lo devuelvo a la clase turista, sino que le hago una denuncia. ¡Y puede usted perder su licencia médica, por negarse a atender a una persona en riesgo!
–Debe ser otra lipotimia, continuó él, imperturbable.
–Mire, Pertino no encontramos el latido del hombre, y casi ni respira.
–¿Pero por qué no empezó por ahí? ¿Por qué no me dijo?
La adrenalina del riesgo lo levantó del asiento como el más complejo y fuerte de los resortes. Salió eyectado como por una catapulta. Era una vez más el Dr. Nicolás Pertino, el más comprometido con su profesión.

En primera fila con unos auriculares Bose conectados a una *MacBook Pro*, Tornatore veía, abstraído, unas de sus películas favoritas: *El Santo* con Val Kilmer. Se fascinaba con los cambios de identidad y con la superioridad del personaje. Cómo se mimetizaba con cada papel.

Y sobre todo como seducía a la protagonista. La investigadora, interpretada por Elizabeth Shue. Sí, la misma que cuando más joven volvía loco a Daniel LaRusso, el niño de *Karate Kid*. Y enseguida asoció a Val Kilmer con Tom Cruise. En esa película que tampoco podía dejar de ver. ¿Quién era él en *Top Gun*? Era *Ice Man* (Val Kilmer) o Maverick (Tom Cruise). Y siempre elegía, sin entender por qué, ser Maverick, que era irascible y estaba muy debajo de Iceman, aunque era talentoso. Pero en ese momento era Val Kilmer disfrazado de poeta, y tocando a Elizabeth en su faceta más vulnerable.

En un pequeño instante de desconcentración advirtió que algo pasaba a bordo. Ya no había nadie en *business*, y le pareció ver algunos movimientos desesperados. Se sacó los auriculares y pausó la película. ¡Quería disfrazarse de Sherlock Holmes, para saber que estaba pasando en ese preciso instante! Pero no quería levantarse de su asiento, y no tenía a nadie cerca para preguntarle. Así que después de unos instantes de desconexión siguió con *El Santo*, y su metamorfosis. "Soy un negociador", pensaba. "Soy Val Kilmer, Tom Cruise y todos esos actorcitos de Hollywood. A conquistar los cielos. A demostrar en el simulador quién soy y cuánta habilidad tengo. Soy amo y señor. El dueño del circo. Si algo no sale bien, los convenzo a los gringos de unos turnos extras", se dijo como para quitarse algo de presión. Pero en el fondo, ese miedo al fracaso lo volvía más poderoso. Después de todo, detrás de un error hay siempre un gran aprendizaje. Con lo que se equivocaron en la aviación los grandes pilotos, los más experimentados. ¿Qué me puede pasar a mí, más que hacer las cosas bien? Nada, absolutamente nada.
Empezó a sentir ansiedad. Miró su reloj y el cronógrafo a las 12 acumulaba ya cuatro horas de vuelo. "Falta apenas un poco más de la mitad. Miami me espera, allá voy. Ni bien llegue me subo al convertible y directo al lujoso hotel. Una ducha y a descansar."

Pertino se encontró con un pasajero que, efectivamente, tenía un pulso por demás leve. Pero en breve hizo su diagnóstico, y no por los signos vitales. Aun con bastante alcohol en sangre, pudo establecer gracias a la identificación en una medalla, que el pasajero era epiléptico. Había tenido una crisis, y por eso había quedado tan debilitado, sacudido. Vio que tenía una pastilla sublingual de efecto inmediato en su puño cerrado. Se la puso debajo de su lengua y en muy poco tiempo empezó a reaccionar.

Las auxiliares lo miraban y no podían creerlo. ¿Qué era, un médico o un sanador? Les explicó la situación.

–Usted es un genio, le dijo una de ellas. Vuele siempre con nosotras. Así es un placer. Lo dábamos por muerto. De no haber contactado con un médico quizás hubiéramos aconsejado al capitán aterrizar lo antes posible. Pero apareció usted. Es un ángel. Se merece estar en *business*, y mucho más.

Ese mucho más era lo que él quería. Lo que siempre había soñado. Estar con dos de ellas, como en la época de los griegos, alimentándose de exquisiteces rodeado de mujeres desnudas. Pero mantuvo la compostura.

Lo escoltaron nuevamente hasta primera clase, como si fuera una estrella de Hollywood ante la atenta y desesperada mirada de su amigo. El más fiel, el de siempre. El negro Mariano. ¿Acaso se había olvidado de él? ¿Acaso era como esos tipos que se dejan llevar por las mieles del éxito y la fama, y se olvidan de todos? ¿Hasta de su mejor amigo? ¿De su compañero de mil batallas en la noches porteñas? Estaba triste, se angustió, se le hizo un nudo en la garganta.

–Nicolás, gritó; "Nico", insistió. Pero no supo si por el ruido de los motores, o simplemente por ignorarlo, pasó de largo como si nunca lo hubiera conocido.

Se sentó nuevamente en el cómodo asiento. Triunfador por segunda vez. Marcos se incomodó. "¿Qué pasa con este tipo? ¿Quién es y por qué lo buscan cada dos por tres? Si yo soy el número uno." Giró y lo miró de reojo. Fue un breve momento de contemplación mutua. Eran dos grandes, dos conquistadores. Muchos billetes de diferencia entre ambos. Pero Pertino tenía algo a favor, tenía casi veinte años menos de vida; y algo en contra: aunque era vehemente, también menos experimentado. Y tenía gran contracción a los errores, por exceso de vanidad. Ese juego de la conquista era como caminar por una delgada cornisa. Tan delgada como las paredes que separaban el fuselaje del triple siete del aire exterior, que a esa altura rozaba los -50 grados centígrados y con una presión atmosférica en la cabina equivalente a la de 2500 metros de altura. Pertino, que conocía el cuerpo humano, como Marcos dominaba las reglas del marketing, sabía que caminar rápido allí arriba era como correr a nivel del mar. Como les pasa a los jugadores de fútbol cuando juegan en altura, y se quejan de que la pelota no dobla, y se van por lo general con un resultado adverso. Pero Nicolás estaba aprovechando los contratiempos de la altura para capitalizarlos a su favor, aunque la segunda vez ni se había querido levantar.

En una guerra virtual e imaginaria, Nicolás Pertino estaba derrotando a su vecino de asiento. Al número uno, al máximo ganador, Marcos, el ahora "empresario aéreo", Tornatore.

Intencionalmente en blanco

Capítulo 11. 'The Mansion'

El vuelo siguió sin sobresaltos. Así al menos era más creíble lo que había dicho el capitán: "Disfruten del vuelo". Las horas pasaban y Charlotte tomó su turno de descanso. En la litera al estilo marinero, atada, y obligada a dormir dos horas en forma abrupta, para recuperarse empezó a pensar. "Se me acaba el vuelo. Servimos el desayuno y este vuelo es historia, como tantos otros. ¿Qué tengo que hacer? ¿Qué le tengo que decir? ¿Otro cruce de miradas será suficiente? ¿Dará él el puntapié inicial, o será que realmente no le importo?" No quería ni averiguarlo. Prefería tener la duda, que le auguraba aunque sea una esperanza, a ir por la respuesta, ya hubiera sido un triunfo o una derrota. Y mientras intentaba dormirse, se sobresaltó. Hacía mucho calor ahí abajo. Alguien había tocado el regulador de temperatura. Algún friolento, o friolenta. ¿Cómo se atrevían a pasar por encima de su antigüedad? Tendría que prohibir que los más novatos toquen el regulador. ¿Pero a quién podría acusar, si en la penumbra, cualquiera podría haber estirado el brazo, o haberse levantado en forma sigilosa, y alterarle el sueño o el pensamiento con el sofocón? ¿Sería la posible menopausia, o sus calores por el seductor Tornatore? No sabía diferenciarlo. Para ella había sido algún compañero desconsiderado.

Cuando logró conciliar el sueño, sintió que la estaban tocando.

–Charlotte, se acabó el tiempo, te dejé un poquito más.

Entrando en sí de modo lento comprobó efectivamente que el resto de sus compañeros ya se habían levantado. Y al menos eso la hizo sentir mejor. Seguía gozando de los beneficios de su antigüedad, y de su cargo.

Volvió hacia el *galley*, después de peinarse un poco y retocarse el maquillaje. Pero estaba ausente. Evidentemente había conciliado un sueño profundo. Ese que los especialistas llaman el "REM", del inglés *Rapid Eye Movement*, y ahora le era muy difícil conectar con la realidad.

–Salgan ustedes, chicas. Yo las reaprovisiono desde acá. Mi cara no da para enfrentar la cabina así. Si me viera ese pasajero, el empresario, perdería así lo poca chance que me queda de salir victoriosa.

Hicieron el servicio y Charlotte fue recobrando el semblante. Se empezó a sentir mejor. Ya no le quedaba mucho más. Aprovechó lo que quedaba de vuelo. Y cuando el Boeing empezó el descenso utilizó su recorrida de cabina. Inventó. Improvisó una breve encuesta de marketing. Una excusa para acercarse nuevamente a él.

–Señor, me disculpa, le voy a hacer unas preguntas acerca del vuelo. ¿Cómo se sintió? ¿Disfrutó de lo que quedó del vuelo? ¿La tripulación estuvo a la altura de sus expectativas? ¿Qué nos sugiere para aumentar la satisfacción del pasajero?

Marcos se vio atropellado por una sucesión de preguntas, concebidas más para ser realizadas telefónicamente, o en una encuesta *online*. Eso era un invento desesperado de Charlotte para establecer el último diálogo posible en el vuelo antes de que la aeronave empezará a volar a pocos metros de las azules aguas, paradisíacas, y muchas veces infectadas de tiburones, de la Florida. La miró y no supo qué responder. O cuál de ellas responder.

–Me sentí muy bien. Sobre todo por usted, y su cordialidad. Se que estoy en primera clase, pero nunca imaginé un trato tan personalizado. Me encanta esta compañía aérea, y a una persona como usted me la llevaría a trabajar conmigo, sin dudarlo. Tiene un trato tan cálido...

Sus comentarios fueron una maraña indescifrable. Acaso era un cumplido, o una forma solapada de decirle otra cosa. Algo más personal. Quedó ella también desconcertada. Pero una extraña sensación de júbilo, de expectativa, le alimentaron las esperanzas de que algo bueno podía pasar.

–Le agradezco su comentario. Fue un placer atenderlo y tratar con usted. Espero verlo pronto.

Su pensamiento la traicionó, y lo que debería haber sido un esperamos verlo pronto a bordo nuevamente se transformó en otra cosa.

–Por favor, respondió él, dejando aún más enrarecido el ambiente.

Se fue a sentar, tomó su posición antes del aterrizaje, sintiendo que esa tarjeta iba a ser el pasaporte hacia algo más.

El B777 tocó tierra magistralmente, se escucharon los reversores, y la aeronave se detuvo lentamente usando casi toda la extensión de la pista. Finalmente en el *gate*, cuando se abrió la puerta, se abrieron los deseos y las ilusiones de unos cuantos pasajeros. Entre ellos y por diversos motivos, los de Pertino, los de Charlotte y los del *playboy*, por ahora adormecido, Marcos Tornatore.

Llegó al hotel. Le asignaron rápidamente una cómoda, habitación. Demasiado confortable para disfrutarla en soledad. Pensó en Vanesa tirada en esa cama *king size*. Desnuda, sensual, provocativa. Llamándolo a unirse en la lujuria. Pero ella no estaba allí. Y tampoco él había ido de vacaciones. "Una ducha fresca me va a alivianar este momento". Debajo de la ducha, y pensando en el simulador, en turnos exigentes, acaso logró empezar a desinflar lo que había tomado un tamaño descomunal solo unos instantes antes.

Estuvo ahí abajo escuchando el golpeteo del agua contra el piso. Una vez más se decidió a cantar. Algún vecino de habitación, gracias a las paredes de *durlock* habrá pensado: "me tocó la habitación contigua a un cantante melódico profesional".

Pero Marcos sólo hacia el intento. Lo suyo, como siempre, era puro instinto. Necesitaba la guía de un profesor. Se enfundó en una bata con las iniciales "TM" bordadas en hilo dorado. Tony Montana, esta podría ser la bata de Tony Montana. Después de todo, la localidad era la misma: Miami. Pero solo eran las iniciales del palacete en donde se hospedaba. *The Mansion*.

Tendría que tener una habitación como ésta en casa. Espaciosa, llena de espejos, batas, y con un frigobar repleto de cervezas, mini whiskys, y chocolates. Todo lo que podía desear después de una noche más que intensa. Ella apareció brevemente en su cabeza, la que hacía rato no recordaba: Lucrecia. Se le apareció la escena de la oficina, revolcándose en la alfombra en ese piso quince. Podría ser esa habitación el piso quince. Pero no lo era.

"¿Qué me está pasando? ¿Por qué estoy pensando todas estas pelotudeces? Si acá vine con un fin. Y es llevarme la habilitación de comandante. ¿Por qué la erección? ¿Por qué Lucrecia que estaba enterrada en un recuerdo lejano? ¿Y por qué no Charlotte?" La jefa de cabina no rondaba su cabeza. Por lo menos por el momento. "Esta cama *king size* me va a permitir dormir como un bebé y recuperar energías después de un día agotador. Va a sacar lo mejor de mí". Descansó hasta el mediodía. Se levantó fresco y la llamó.

Capítulo 12. Están ahí pero no los ves

Pasó la noche en la comisaría. Sin sobresaltos. Nada de lo imaginado sucedió. Pero cuando despertó tuvo un sentimiento desagradable. "¿Qué hago acá? Ya basta de lugares de detención. Quiero ir al convento". Claro que no podía, estaba destruido, cerrado, y cercado con cintas rojas y blancas de peligro. Necesitaban hacer peritajes de la zona. Aislar casquillos de balas. Un análisis profundo de las evidencias que pudieran dar respuestas.

Así que esa iba a ser su primera petición de la mañana. Dejar el lugar. Ser trasladado a otro dónde poder estar tranquilo, y profesar su fe. Se los pidió, se los exigió.

–Denos unas horas, Pastor, todo esto es muy reciente. Analizamos todo lo que nos contó. Tiene usted razón, tememos por su vida en libertad. Debemos escoger con mucho cuidado, dónde va a seguir sus días. No queremos otro ataque. No hay que tentar más a la suerte. Ya sufrió demasiado. Salió airoso de demasiadas situaciones. Queremos que esté seguro y en paz.

Mientras estuvieran los narcos rondando no iba a tener paz y eso lo sabía. Agarró un rosario entre sus manos y lo apretó. Era su impotencia. No me dejan ser. Siempre tiene que haber algo.

Inició una oración, pidió por todos los hombres sobre la Tierra, pidió el perdón de Dios. Y mientras se aferraba a él, como con una línea directa a Dios, le dijo: "sacame de esta situación, dejame seguir adelante. Soy el Pastor, el guía de tu rebaño, el comunicador de la fe. Sé que me equivoqué en el pasado, pero te pido por favor, alejame a esta gente, dejame reencontrarme con la paz. Marcame el camino". Pronunció unas palabras más, casi ininteligibles, que terminaron con dos nombres extraños y conocidos a la vez: Marcos y Lucrecia. "Eso es todo diosito, voy a ser cada día mejor".

Los policías consultaron a qué convento podía ir. Él pidió hacer unas llamadas. Hizo unos arreglos. Lo aceptaron en otro convento, lejos de ahí, en medio de la nada, rodeado sólo de campo, de naturaleza. Entre caminos de tierra y altas arboledas.

–Anoten esta dirección, les dijo. Pero destruyan después el papel. Nadie puede saber dónde estoy. Se había tomado a pecho las palabras de Guido. Hay infiltrados en todas partes. Y se los remarcó. Si mi paradero trasciende, soy hombre muerto. Estos tipos no se van a dar por vencidos, hasta matarme y exhibir mi cadáver como un trofeo de guerra.

–Déjenos armar la logística. Va a ir escoltado. No podemos dejar nada librado al azar. Hoy mismo lo vamos a trasladar. ¿Qué le parece la noticia?

–Fantástica, mejor no podía ser. Ustedes son dos almas buenas sobre la Tierra. Van a ser triunfadores en lo suyo. Y sobre todo triunfadores en la vida. Son personas nobles. Dios tiene trazados buenos caminos para los buenos cristianos.

Ambos policías empezaban a perder el habla y la vehemencia. Eran transportados como a otra dimensión. Se miraron. Se sentían en paz. Querían abrazarlo y abrazarse. ¿Qué era todo eso? ¿Qué les estaba pasando? ¿Por qué de pronto se sentían bondadosos, casi religiosos? ¿Qué hacían con cargadores extra en sus cinturones? ¿Para dispararle a quiénes?

–Vaya a descansar. Esta tarde le espera un largo y estresante viaje.

Patrilli comenzó a alejarse, y se miraron profundamente. Casi que sentían lo mismo. Guido quiso levantar la voz, pero era apenas audible. "¿Qué carajo nos hizo este tipo? ¿Quién es? ¡Yo pensé que era un chanta! Pero nunca me sentí así. Tengo ganas de ir a la Iglesia a confesarme, y quedarme varias horas ahí".

Como imponiéndose despertar del letargo, y queriendo quedar bien con su superior, remediando todos los errores anteriores, le dijo:

–Voy a preparar café, ¿quiere uno, señor Leandro?

–Sí, Guido, por favor, mi cuerpo pide algo fuerte. Estoy como si hubiera corrido una maratón. Más relajado que con tres tazas de tilo.

–¡Cómo no! Sus deseos son órdenes, señor.

–Negro y fuerte, acotó, comparándose a sí mismo con el café. Una frase tonta dicha desde el trance inducido por el Pastor.
–Sí señor, respondió. Como usted prefiera.
Los preparativos estaban en marcha. Se coordinó el traslado de uno de los seres más buscados por estas pampas. No iba a haber autos muletos, o dobles del Pastor, pero sí una escolta bien armada. Después de todos los rezos, se sentía aliviado. Recobró la moral y la fuerza.
Por su parte y luego de varios cafés, ambos policías lograron nuevamente volver a ser quienes eran. Dos luchadores dispuestos a mantener el orden y limpiar la ciudad.
Hubo una reunión. Leandro estaba a cargo del traslado y la organización. Juntó a varios policías del destacamento.
–Muchachos, de nosotros depende la vida de este buen hombre. Es un cordero, un enviado de Dios.

Varias caras se miraron sorprendidas, con descreimiento y desconocimiento de sus palabras. No era el tono ni el mensaje habitual.
–Ustedes van a ir adelante, dijo señalando a dos oficiales. Nosotros en la combi en el medio, con el Pastor camuflado por los vidrios negros, y detrás vos, Pepe, con tu compañera. ¿Dónde está? no la veo. Ah, sí, ahí estás.

Estén atentos a cualquier movimiento extraño desde otro vehículo. Mantengan los ojos bien abiertos. Si nos interceptan o atacan, no duden en repeler el ataque. Pero recuerden, lo prioritario es la seguridad de Patrilli, el Pastor. Esta es información clasificada. No se puede filtrar por ningún lado. Demás está decirles que ni a sus parejas, les pueden contar de este tipo. La más mínima información, esos tipos se enteran, y esto explota.

Guido esbozó algo así como una sonrisa. Se dio cuenta de que sus comentarios y advertencias habían surtido efecto.
–¿Alguna pregunta?
Jorgelina, la única mujer, la compañera de Pepe, levantó la mano.
–¿Quiénes son estos tipos? ¿A quiénes nos enfrentamos?

–No quieran saberlo. Pero es gente peligrosa, poderosa, con muchos recursos, con infiltrados. Están por todos lados. Están ahí, pero no los ves.

A Guido le sonó esa frase de algún lado: "Están ahí pero no los ves". ¿De dónde era? ¿Acaso de una película? "Ya lo voy a recordar", pensó.

La misión estaba en marcha. El convento Los Misioneros esperaba por su nuevo integrante. La localidad era Carlos Keen, cerca de Luján. Tenían que recorrer unos cien kilómetros. Pero antes, había que salir de la ciudad, abarrotada de gente y de vehículos. El tránsito trabado. El Pastor luchando con el miedo de que algún otro percance ocurriera. Una emboscada, un vuelco. Una ráfaga de disparos por alguna de las ventanillas. No quiso preguntar, pero no le pareció que fueran blindadas. La camioneta Mercedes Sprinter avanzaba casi a paso de hombre. Cien kilómetros podían hacerse en una hora, o un poco más, si no superaban la máxima de 90 que indicaba un sticker pegado en el vehículo. Pero si seguían a ese ritmo, podían ser por lo menos tres. El vehículo de adelante encendió la sirena, buscando hacer un surco en el agua. "No, ¿para qué?", pensó el Pastor. "Quiero pasar desapercibido. Con la sirena estoy en la marquesina. Iluminado por los focos. Que esto termine rápido. ¡Que termine ya!"

Capítulo 13. La Cruz

–¿Hola?
Un silencio.
–¿Hola?
–Hola Vane, respondió del otro lado de la línea. ¿Cómo estás? ¿Cómo anda B.A.?, en alusión a Buenos Aires.
–Todo bien por acá. ¿Qué tal el vuelo, el viaje?
–De primera. Todo muy tranquilo.
Obviamente no quiso ni mencionar su desmayo. El papelón a bordo. Que un piloto, futuro comandante, termine en el piso del avión, asistido por el personal de cabina. Y por un médico.
Menos habló de la turbulencia que sufrió el aparato. Y ni mencionó a la dedicada jefa de cabina.
–El vuelo bien, pero el hotel espectacular. Es una verdadera mansión. Tengo una bata bordada con hilos que parecen de oro, deberían en lugar de tener las iniciales del hotel, tener las mías. Pero bueno. Todo llega. ¿Qué tal los chicos?
–Los chicos bien. Hace poco que te fuiste y ya empiezan a extrañarte. Sobre todo Patri.
–Yo también los extraño. Bueno, buenísimo que esté todo tranquilo por ahí. Me puedo focalizar en mis cosas entonces.
–Sí. La única novedad es una noticia que está apareciendo en todos los noticieros. ¿Te enteraste?
–¿El ataque al Convento?
–Sí, eso.
–Sí, lo leí en el diario de a bordo. No lo podía creer, me puso mal. ¿Cómo está Ángel? ¿Qué se dice de su salud?
–Mirá, no quiero en realidad ni hablar de ese tipo. Ese nos arruinó por mucho tiempo.
–Si Vane, pero también nos hizo amasar una fortuna con sus escritos. Creo que en el fondo le terminé tomando cariño. A las personas hay que darles una segunda oportunidad.

–¿Qué te pasó? ¡Vos no pensás así! ¿Es el miedo al simulador, o es Miami, que te puso nostálgico?
–Nada de eso. Me puso mal leer esa noticia en el vuelo. No sé para qué agarré el periódico. La hubiera pasado mucho mejor sin saberlo.
–*Okey*, entiendo, pero no quiero hablar de ese tipo. Si vos querés recordarlo, allá vos. Pero para mí está muerto. Murió.
–¿Que decís? ¿No salió ileso otra vez?
–No, no me malinterpretes. Quiero decir que para mí está muerto. No quiero escuchar su nombre. Ni saber nada de él.
–Ah, *okey*, entiendo, no me preocupes. Bueno, me alegra que por Buenos Aires ande todo bien. Yo, a poner el foco en los turnos que tengo por delante. Una vez que me sienta cómodo sentado a la izquierda, y tomando las decisiones, recién ahí me voy a dedicar a hacer un poco de *shopping*. A comprar unos regalitos para vos y otros para los niños.
–¡Ay, Marcos, sos tan hermoso! No hace falta que me traigas nada. Si tengo de todo. No me falta nada.
–Si lo sé, pero venir a Miami y volver con las manos vacías sería una herejía. Así que vos despreocupate. A la noche te llamo y me contás del día.
–Okay, Marcos. ¡Que tengas un buen día!
–Gracias Vane, nos vemos.
–Ah, Marcos, me olvidaba de una cosa. Algo que me llamó la atención. Está mañana cuando salí, me puse a mirar la casa. A admirarla como muchas otras veces.
–Sí, ¿y?
–Vi algo que me llamó la atención. En una de las medianeras apareció pintada una cruz. Bastante grande.
–¿Una cruz?
–Sí, una cosa rarísima. Vamos a tener que pintar ahí. Nos arruina la fachada.
–¿Cómo que una cruz?
–Sí, ¿no te estoy diciendo? Una cruz pintada con aerosol de color verde.
–Marcaron la casa, Vane.

–¿Qué decís?

–Que nuestra casa está marcada. Es lo que hacen los delincuentes a veces. Tanto tiempo en las comisarías, una vez escuché eso.

–No me hagas preocupar, Marcos, que estaba tranquila. ¿Qué querés decir con que nuestra casa está marcada?

–No te quiero asustar, Vane. Pero no me da buena espina lo que me decís. Voy a averiguarlo.

–Dejate de pavadas, Marcos. Te tomaste muy en serio todo eso de las comisarías. Tus investigaciones por todo lo que te pasó. Creo que quedaste medio paranoico. Asociás todo con hechos delictivos. Para mí fue algún niño rico de este country. Aburridos como andan a veces. Tienen todo y se aburren, se hacen los malos. Quieren experimentar. Algún boludo de esos nos arruinó nuestra hermosa medianera.

–Si es lo que yo pienso, Vane, esto es serio. No te quiero preocupar, ni me quiero preocupar yo. Necesito estar tranquilo. Pero como te decía. Eso no me da una buena corazonada. Pero vos no te preocupes por nada. Hacé de cuenta que no te dije nada. Simplemente voy a hacer un llamadito a La Lupa, y que ellos se encarguen. Nosotros sigamos con nuestras cosas.

–Claro, Marcos, yo no le voy a dar importancia. Voy a seguir mi vida acá, como si nada.

–Que tengas un buen día.

–Vos también, Vane. Te amo mucho.

–Yo también.

Se escuchó el *clic* que anunció el fin de la comunicación.

Se quedó con un nudo en la garganta. Se mostró frío pero por dentro estaba realmente preocupado. Angustiado por el temor de sus sospechas. "¿Qué hago acá en Miami, lejos de casa, con Vane y los chicos en la mira? ¡Me tengo que volver ya!", pensó. Todavía tenía la valija intacta. Sin desarmar. Era cuestión de llamar a la aerolínea, y por unos dólares extra adelantar el regreso. "¿Y qué del simulador?", pensó. "Ya está todo pago, todo arreglado desde hace tiempo. ¿Qué hay de la famosa habilitación al lado izquierdo del avión?" Y el temor se transformó rápidamente en un deseo irreversible. "Quiero la cuarta tira en el saco. Quiero que me digan comandante. No quiero ser más el dueño de la empresa, poco experimentado, que sólo vuela por eso, por ser precisamente el dueño y nada más. Quiero que me respeten por mis conocimientos. Por mi experiencia, aunque poca, valiosa. *Comandante Tornatore*, que bien suena. Pensó en su padre. Sus anécdotas volando Cessna172 en su curso frustrado de piloto privado. 'Me dio miedo por la familia' que me pasara algo ahí arriba. Mamá estaba embarazada de vos. Y yo haciendo eses sobre caminos, virajes escarpados. El día que practiqué la aproximación a la pérdida, cuando escuché la chicharra que anuncia la pronta inestabilidad del avión me di cuenta que ya era tarde. Ya era demasiado viejo. Esas afirmaciones nostálgicas, ese querer sin poder le habían dejado un surco. Una huella profunda que quería terminar de remediar. Recordó aquel vuelo bautismo de los cinco años una vez más. Sintiéndose pequeño a bordo de la aeronave. Más pequeño que sus cinco años en la inmensidad celestial. Pero poderoso, explorando lo que otros niños no podían ni en sus sueños. La necesidad por autorrealizarse, por completar el círculo incompleto de su padre pudieron más. Ser comandante era para él la culminación de ese sueño trunco heredado. Una demostración interna y sobre todo externa del yo puedo.

Vanesa tiene razón, de pronto pensó. Por ahí es solo una estupidez de adolescentes ricachones aburridos. Y la cruz no significa nada al fin." Como el borrador que pasaba su maestra en los pizarrones verdes de su infancia, empezó lentamente a despejar los pensamientos que aturdían su cabeza. "No es nada, empezó a decirse, sin más. Olvidate de Buenos Aires. Olvidate de todo. Soy Marcos Tornatore, y vine a Miami sólo a una cosa. A ganar."

Una camisa a cuadrillé, un jean ajustado medio elastizado, y unos zapatos color camel coronaban el atuendo elegido para transformar ese turbio día en uno colmado por las buenas noticias.

Se mojó un poco el pelo, lo revolvió levemente. Una última mirada frente al espejo. Soy Beckham y Tom Cruise juntos. Abran paso. Cerró la puerta de la 415, su lujosa habitación. La probó desde afuera. Realmente estaba cerrada. Con andar firme, con el andar de quién sabe lo que quiere, se dirigió al elevador más cercano.

Intencionalmente en blanco

Capítulo 14. Paranoico

En Los Misioneros esperaban su llegada. Pero se estaba haciendo por demás trabajosa.

Con la sirena a toda potencia, la Sprinter empezó a circular con mayor velocidad. Pero era a la vez un blanco anunciado. El Pastor se quería relajar, pero no dejaba de mirar por las ventanas. Una moto pasó pegada, a gran velocidad.

–Nos van a bloquear el camino. Es una emboscada. Se levantó de su asiento, y gritó. Es una emboscada.
–¿Cómo dice?, preguntó uno de los policías.
–La moto que nos pasó. Es parte de una emboscada. Esté atento, por favor. Es una súplica. No quiero volcar, ni tener otro accidente.
–Tranquilícese, señor. Nada está pasando. Es imaginación suya.
La moto aceleró aún más, y desapareció de la vista de la camioneta.
–Mire Pastor ya no hay ninguna moto. No hay nadie adelante.
–Debe estar conectada. Debe estar pasando información a otros vehículos. Sigan atentos. Es cuestión de tiempo. Lo presiento, algo va a pasar.
–Estaremos atentos, pero quédese tranquilo. Usted está muy perturbado. No lo culpo, por todo lo que pasó.
–Se volvió a sentar. Cerró los ojos, en busca de paz. Pero las imágenes se entremezclaban.

El recuerdo de la persecución en la Hyundai Génesis y los tumbos en la carretera limeña lo desbordaban. De pronto se sintió ahogado. Y ahí lo recordó. "¿César dónde estás? ¿Por qué nunca más apareciste? ¿Estás en alguna isla? ¿Llegaste hasta algún lugar inhóspito a nado, y allí quedaste viviendo con Wilson, como Tom Hanks en el *Náufrago*?"

César González, ese amigo fugaz. Ese experto en el arte de volar parapentes. Su admirador, su fan. "¿Dónde está?", pensó. "¡Maldita sea!" Estaba paranoico, no había dudas de eso. ¿Pero, y si era verdad? ¿Si habían montado una vez más algún tipo de plan para derribarlo? ¿Quién dirime la ficción de la realidad? ¿Qué garantías tenía? Podían ser espejismos, pero sabía muy en el fondo que ni la camioneta, ni los policías a bordo eran garantía de seguridad. Era como un niño llevado de la mano cruzando la calle, que podía ser soltado en cualquier momento. Estaba frágil, sensible. ¿Dónde había quedado aquel Patrilli, el invulnerable, el infranqueable? El vengativo, acaso el asesino. No había nada de todo eso ya. Era ahora una víctima, una inocente y dulce víctima. Alejada de la paz y la serenidad.

Era Ángel Patrilli, pero ya casi no lo era.

Dejó de mirar. "Que sea lo que Dios quiera. Si he de morir, que sea pronto. Pero no me lleves todavía Dios, rogaba. Quiero enseñar, quiero expandir las prédicas y mandamientos de tu hijo Jesucristo. Dejame un rato más en la Tierra. No te voy a defraudar."

Era una súplica intensa, profunda, que le devolvía el valor. Se envalentonaba. Lograba ser por un pequeño instante nuevamente un corajudo. Un hombre del todo o nada. Pero eso le duraría sólo un suspiro.

Capítulo 15. Velocidad de decisión

Ya en el convertible alquilado, fue directo al simulador. Se hablaba mientras conducía. No era Box, pero de todas maneras el rugir del deportivo lo llenaba de emoción. "Tengo que estar tranquilo. Voy a hacer un excelente primer turno. Sin fisuras, sin errores". Había leído la QRH (*Quick Reference Handbook*), la lista que se usa cuando surge alguna emergencia. Desde una plantada de un motor, una falla hidráulica o eléctrica; simple o total. La había aprendido como si fuera el abecedario. Tenía que estar concentrado, sin nada que lo perturbara. Pero él lo sabía. "Soy un ser humano", se decía. "¿Cómo hago para olvidarme del resto de las cosas? ¿Cómo hago para olvidarme de mi vida y los problemas? ¿Para ser solo yo y la máquina? ¿Y ser una computadora resolviendo situaciones con la velocidad de un ajedrecista en una partida, imaginando futuros movimientos, prediciendo las fallas que le podrían llegar a suceder? Reaccionando por acto reflejo, como si dispusiera del libro universal. Aquel que contuviera las infinitas posibilidades de falla en un avión.

Justamente eso es lo que le habían enseñado sus instructores: "tenés que resolver las cosas con velocidad. Con la certeza y la justeza de un cirujano." Y esa palabra lo llevaba siempre a reflexionar. "¿Cómo harán los cirujanos? Son seres humanos también. ¿Y si discutieron con su mujer? ¿Con algún amigo? ¿O simplemente si durmieron poco porque alguno de sus hijos se enfermó? ¿Cómo harán para ser siempre precisos? Esbozó una rápida pero no tan precisa respuesta. La técnica. Esa era la respuesta. ¡Saber la técnica!" En medio del torbellino de pensamientos, llegó hasta el establecimiento. Estacionó. Mientras cerraba la puerta del auto tuvo una certeza; cambiaría todo lo que tengo por hacer bien la tarea. Por estar a la altura de las circunstancias. Pensaba todo eso, cuando finalmente Harold, el anciano instructor, le estrechó la mano.

–*How are you today sir?* ¿Cómo está usted hoy? fue la pregunta.

Mientras le contestaba en un claro y casi perfecto inglés "estoy bien", pensaba por dentro, en Patrilli y el ataque al convento, en la casa marcada, en Vanesa y los niños. Su cabeza era un hervidero a punto de estallar.

Como se acostumbra en esas situaciones, Marcos fue a buscarse un café, un café intenso, rápido, como antes de cada turno, y ya tenía la dosis inicial que le podía augurar el éxito en su primera sesión.

Eso fue lo que se dijo. "Hoy es mi primera sesión, de entrenamiento. La más fácil. Sólo de adaptación. Y encontró en ese pensamiento, en esas palabras interiores el antídoto contra el miedo al fracaso. Hoy salgo airoso y felicitado. ¡Bajo hecho un súper héroe de este simulador!"

Todo empezó de mil maravillas. Harold era un ex militar, ex piloto de la Fuerza Aérea norteamericana. Muchas misiones encima, en distintos tipos de aviones. Pero justamente eso, los años, los distintos aviones y tantas misiones casi suicidas, le habían dado una filosofía de vida que sería la envidia de cualquier otro ser humano. Era un tipo aplomado, y dispuesto a tener la mayor de las paciencias. Justamente lo que necesitaba Marcos en ese momento.

Le hizo un *briefing* donde repasaron las maniobras básicas y Marcos pudiera familiarizarse con el equipo. Era como el ABC del simulador, lo básico para empezar a sentirse cómodo con el Beechcraft, sentado a la izquierda, el lugar reservado para el capitán, que es quien, en definitiva, toma las decisiones en situaciones críticas. Y en los turnos venideros, todos los escenarios iban a ser críticos, y necesitarían de Marcos toda su capacidad y focalización.

–*Are you ready, captain?*, le preguntó. ¿Está usted listo?

Más listo que nunca. Movió las dos palancas juntas, y el avión empezó a recorrer la pista del *Miami International Airport*.

Mientras avanzaba, se acomodó una vez más en el asiento. Quería tener la distancia justa con los comandos, o era quizás un tic, una cábala. Como esas que llevan a cabo los deportistas de élite, como el caso del tenista Rafael Nadal antes de cada saque. Ese ritual que comienza acomodándose el ajustado pantalón corto. Sigue tocándose la nariz y el cabello por sobre sus orejas.

Para Marcos empezar en el simulador era como estar *set point*, o *match point*. "Cada punto cuenta", le había dicho una vez un profesor. Hay que jugar cada punto como si fuera el primero. Libre de presiones, y dándole a todos la misma importancia.

Él estaba saliendo del minuto cero. El Beechcraft sacaba las ruedas del piso. "¡A volar, maldito!", se dijo. "Hoy estás bajo mi comando. Vas a hacer lo que yo quiera." Demasiadas actitudes compensatorias. Ese exceso de seguridad enmascaraba por lo bajo un sentimiento de inseguridad, de sentirse superado, o quizás en riesgo.

Mientras realizaba sus primeras maniobras y se empezaba a sentir cómodo, se le venía a la cabeza la misma frase. Hoy es el primer turno. Esto es pan comido. Y desde atrás, Harold pareció leerlo. *Piece of cake*, le dijo, en una clara alusión a lo sencillo de la práctica. El tema era cuánto iba a durar el pan comido, hasta que empezara a atragantarse. Hasta que la dificultad empezara a aumentar exponencialmente. Pero Marcos seguía recordándolo. "Hoy es el primer turno..."

Después de probar distintas configuraciones, cambios de potencia, y recuperar actitudes anormales, hizo una prolija aproximación de precisión y excelente aterrizaje a una de las pistas. "Otro día, otro vuelo", le dijo Harold, con su tonada algo campesina. Seguro se había criado en algún pueblo en las afueras de alguna gran ciudad de norteamérica.

Empezó nuevamente la carrera de despegue, cuando todavía no había podido ordenar sus ideas rápidamente. Llegó a la V1, la velocidad de decisión. La que utiliza el piloto como alerta de que ya solo puede ir al aire, y en la que no están garantizados los metros de pista remanentes en el caso de tener que abortar la maniobra de despegue. Cuando estaba empezando a rotar, a tirar del comando para ir al aire, el avión empezó a banquearse, a inclinarse.

Comenzó a levantar el ala derecha en forma abrupta. Empezó a entenderlo. A visualizarlo. Pero el avión se alejaba cada vez más del equilibrio. Intentó pisar uno de los pedales para enderezarlo. Pero vaya a saberse por qué eligió el otro pedal, el izquierdo, y el Beechcraft lejos de mejorar su posición se enroscó aún más. Era sólo un espectador de lo que estaba pasando, todo iba demasiado rápido. Y cuando tomó dimensión de la situación, sintió el impacto. La visual del simulador se puso roja. Harold detuvo el simulador y se agarró la cabeza, un gesto inequívoco de incredulidad. Marcos era quien menos creía lo que estaba pasando. ¡O lo que ya había pasado!

La visual del simulador color rojo. Rojo sangre.

–*You 've crashed! What happened?* ¡Sufriste un impacto! ¿Qué pasó?

Marcos no sabía si gritar, entrar en llanto o en pánico. Pero se acordó. Soy un negociador. Soy un ganador. Es mi primer turno. Y ahí encontró una vía de salida, de relajación. Volar con un motor no estaba preestablecido en el primer turno de adaptación al simulador. Subió los hombros. Su respuesta fue gestual. Un mensaje por demás contundente. Como dictan los famosos axiomas de la comunicación. Es imposible no comunicar. Y él, sin hablar, estaba diciendo mucho más.

–*I'm sorry. I wasn't expecting that.* (Mis disculpas. No estaba esperando eso).

Harold lo interpretó con la velocidad que en su época volaba los F14, antes de jubilarse en el F18 Hornet. Había ido más allá y presionado de más a un individuo cada vez más torturado por pensamientos y problemas.

–No se preocupe, no voy a evaluar eso. Solamente quise probarlo, porque lo ví demasiado sólido. Esta maniobra viene recién en el segundo turno. Tenemos tiempo para practicarla.

Y Marcos respiró aliviado. Sigo en carrera. Siempre lo habían advertido. Los grandes errores en un simulador son eliminatorios. Para su suerte, ¡este no lo era! Estrecharon manos y Marcos desapareció rápido, como una estrella fugaz. Iba a tener un día libre para analizar lo sucedido. Para perdonarse, o para torturarse. Volvió con el convertible como el campeón que fue a ganar y vuelve vencido. ¿Había dejado todo? ¿Había estado al cien por ciento? Definitivamente, no. Y mientras se deslizaba en el convertible, sin querer siquiera acelerarlo un poco, se sintió vacío, falto de habilidad y de autocontrol. Los problemas los tengo que dejar abajo.

En el trabajo, todo tiene que desaparecer. Pero apenas lo lograba. La cruz en su casa podía más. Los miedos. ¿Cómo le digo a Vanesa que hice un *crash* en el simulador? Tenía la solución. Estaba decidido a no humillarse y ni por asomo se lo iba a contar...

Se bajó del auto, llegó hasta el *lobby* del hotel, y discó sentado en un lujoso sillón.

–La Lupa San Isidro, buenos días -atendieron.
–Hola, buen día. ¿Quién habla?
–¿Con quién quiere usted hablar?, respondieron en un tono hostil.
–Habla Marcos Tornatore, estoy en llamada internacional, respondió marcando el terreno.
–¿Qué dice, señor Marcos?
–¿Pero quién habla?, se impacientó una vez más.
–Soy Lucas, ¿se acuerda de mí? Ahora soy el gerente zonal de la compañía.
–Sí, me acuerdo. ¿Puedo hablar con Rodrigo?
–Está de vacaciones. Estoy a cargo de todas las sucursales en este momento. Soy el *general manager*, se podría decir.

Marcos pensó, ¿y a este imbécil que le pasó? Pero disimuló.

–*General manager*, ¡te felicito!
–Pasó tiempo, vio. Me pude acomodar. Al final del túnel, cuando uno es capaz, se lo terminan reconociendo.

No estaba en condiciones de objetar nada. Y fue directo al grano.

–El Pastor, ¿qué pasó con el Pastor?
–¿Perdón?

Había pasado tanto tiempo, tantos casos a la vez, que ni se acordaba de quién le estaba hablando.

–Ángel Patrilli, ¿te suena?
–¿Cómo? El Rambo, devenido en casi un santo... cómo olvidarlo.
–El mismo. ¿Qué sabés de él?

–No mucho. En este momento. Pero nuestras fuentes son cada vez más amplias. Es cuestión de minutos, quizás unas horas para que tenga toda la última data.

La Lupa se había reinventado. Ya no era una pequeña agencia de detectives. Era ahora un pulpo de varias sucursales y repleto de informantes y conexiones. Marcos había usado sus servicios en más de una ocasión, y ésta no iría a ser la excepción.

–Bueno quedo atento a novedades, entonces, le dijo. Llamame cuando tengas la última información.

–Así lo haré señor Marcos. ¿Alguna vez le fallé?

Y cuando escuchó eso, Marcos se nubló. Se quedó sin palabras. Así se sentía en ese momento. Como un arquero que dispara convencido apuntando al centro, y ni siquiera da en el círculo más externo del blanco. Cuando volvió en sí respondió.

–Nunca.

–Quédese tranquilo, esta vez será aún mejor.

–*Okay*, espero tu llamado.

Se sintió bajoneado. "Me tendría que beber un sorbo de la seguridad de este sujeto", pensó. Se sintió momentáneamente succionado por arenas movedizas, dando manotazos de ahogado, pero sin lograr ver la ansiada superficie.

Capítulo 16. Un baño de aire fresco

La camioneta Sprinter, sirena de por medio, llegó en menos de lo esperado al convento.
–No hubo ataque, ni siquiera intento alguno.
–Le dije, Pastor. Nada iba a pasar. Todos eran malos pensamientos suyos. Con nosotros estaba seguro. No tenía de qué preocuparse.
–Quédese alguno conmigo en Los Misioneros.
–No sería mala idea. Pero no nos comunicaron nada al respecto. Su anonimato está garantizado. No hay filtración posible. Acá va a estar más seguro que en la cárcel.
Mientras escuchaba eso, recordó el intento de asesinato en el penal de Ezeiza. El de los dibujos satánicos. El que había sido frenado por la protección de Octavio. No quiso hacer aclaraciones.
–Si usted lo dice, así debe ser. Estaba cansado, el estrés y la paranoia lo habían desgastado. Y no tenía ganas de discutir, ni de aclarar nada. Acá me quedaré. Gracias por la escolta. Vaya usted con Dios. Y no se olvide de una cosa, la más importante.
–Diga Pastor, adelante.
–Lea la Biblia. ¡Ahí está la verdad! La certeza de lo que nos mantiene libres. Se va a convertir en un mejor ser humano. Y si tiene dudas le aconsejo cualquiera de mis libros. Pero, si es un escéptico, uno en especial: *Mi transformación en un hombre de fe*, el que fue un *best seller*. El que salió como el agua, según me dijeron. Según lo que me dijo mi amigo, el empresario Marcos Tornatore. Un sujeto que va por el camino que yo le estoy trazando a usted. ¿Me entiende?
–Perfectamente, Pastor. Mire, no soy un devoto de la lectura. Pero podría empezar, aunque sea lentamente. No le prometo que vaya a leer todos los días. Pero hoy mismo compro su libro. Y este fin de semana que tengo franco empiezo.
–Y no se olvide del otro. ¡Por favor!
–¿Cuál otro de los muchos que escribió?

–No, el otro, el más importante de todos. El que nos eleva como seres humanos a otra dimensión.

–¿Cuál era ese?

–La Biblia, amigo. Grábeselo. Deje de leer periódicos, noticias del espectáculo. Olvídese del Boca- River. Nada de eso importa. Siempre hay intereses detrás. Dinero de por medio.

Pero esto que le digo, es puro de verdad. Se va a engrandecer. Hasta va a ser mejor policía. Se lo aseguro.

–Muy bien Pastor. Empiezo por su libro. Cuando lo termine, sigo con el más antiguo.

–No deje de leer. Es el alimento del alma. Se lo digo yo, Ángel Patrilli. Hace mucho tiempo ya, el Pastor.

–Cuídese. Lo abrazó fuertemente.

La Sprinter se alejó en medio de la polvareda, cada vez más intensa, y fantasmagórica.

Entró en su habitación. Le mostraron el camino, el Padre Luis fue su anfitrión. El lugar era lo que necesitaba. Un convento austero, antiguo, de puertas grandes y techos altos. Podía ser de fines del siglo XIX. Salas húmedas pero acogedoras. Por lo menos para él, que buscaba retiro y relajación.

–Lo dejo aquí en su habitación. Acomode sus cosas. Aclimátese. Siempre es duro llegar a un lugar nuevo. Si necesita algo, solo avíseme. Acá arrancamos a las siete de la mañana. Pero usted debe estar agotado. Si quiere, mañana tómese el día libre.

–De ninguna manera, respondió el Pastor. Yo soy un tipo que trabaja duro.

–Mañana puede darnos una mano con la huerta, y de paso se va familiarizando con el lugar y las actividades.

–Como no, será un placer. Ah, y, Padre gracias por acogerme en su convento. No sabe cuánto lo valoro.

–No es nada, Pastor. Sabemos que usted fue atacado, y el otro convento quedó casi destruido. Sabemos que su presencia aquí nos puede poner en riesgo. ¿Pero cómo dejar solo a un hermano? Además, tenemos excelentes referencias suyas. Sus libros han sido una inspiración para muchos jóvenes perdidos. Y eso no tiene precio. Creo que va a ser una inspiración para nosotros. Un baño de aire fresco para Los Misioneros. Que descanse. Y cualquier cosa que necesite, no dude en preguntarnos.

Acomodó su bolso. Sus pocas pertenencias. Las acomodó sistemáticamente. Casi en un orden progresivo. Ahora era un metódico.

Se acostó sobre una cama de resortes, ruidosa. La que le hubiera encantado utilizar en tiempos de Lucrecia. Para sentirse bien macho. Pero esos tiempos estaban sepultados. Como lo estaría él mismo, a no ser por la fortuna extrema que hasta ahora lo mantuvo con vida. Se tapó con una frazada con olor a encierro y dejó volar su alma, como volaba su cuerpo en medio de los acantilados limeños. Antes que se diera cuenta, Los Misioneros lo acogió en su regazo. Una vez más, se transportaba al más allá.

Intencionalmente en blanco

Capítulo 17. La molotov

Ya en la habitación, con andar lento y dirigiéndose desnudo a la ducha, el teléfono sonó.
–¿Qué tal, Marcos, cómo estás?
–Estoy bien, dispuesto a una ducha relajante. ¿Vos, Vanesa? ¿Y los chicos?
Su tono un tanto frío. Era la frialdad de la vergüenza, del ocultamiento. Estaba bien con ella, pero mal consigo mismo aunque intentara ocultarlo.
–¿Te extrañamos, Marcos, cuando volvés?
"Si sigo así, vuelvo pronto", pensó para sus adentros. Me acortan el curso, y me mandan desaprobado. Disimuló, impostó una voz segura.
–Esto recién empieza. Hoy fue el primer turno, mañana descanso, y así tengo para unos días más.
–Bueno que pase rápido, esta cama es muy grande para mí sola. Te necesito acá adentro. Adentro mío.
–Claro, atinó a decir él.
–¿Cómo claro? ¿Y vos? ¿No me extrañas, amor?
–Pero sí, claro que sí. ¡Cómo no te voy a extrañar!
–No parece, siguió ella. Estás como en otro lado, en otra cosa.
–Más racional que nunca, le aseveró. Y sí, estoy a miles de kilómetros, y con el simulador en la cabeza. ¡Qué querés! Pero eso no significa que no piense en ustedes.
–¿Hay algo más Marcos? ¿Algo que no me querés decir?
–No para nada. Todo está muy bien por acá. Todo más que bien. Lo que pasa es que no tengo mucho para contarte.
–¡En casa es al revés! Me estoy ocupando de todo, se quejó. Las comidas, el colegio, la ropa, las clases particulares de Vicky, las de taekwondo de Patri. Estoy dividida en cinco partes, no doy más. A este ritmo no llego hasta el domingo.
–Bueno, pará, ¡no exagerés!
–¿Que no exagere? ¿Vos qué haces ahí? Pensás en el simulador, ¡nada más!

–¿Que más querés? ¿Qué otra cosa querés que haga? ¡Si a eso vine!
La discusión fue subiendo de tono. Y él, que estaba tenso, empezó a agredirla.
–No me hagas calentar Vane, que todo pasa por mí. Todas las cuentas.
–Sabes que no es así, también colaboro.
–Si ya se que colaborás, ¡pero en pequeñeces!
–No me desautorices más, te lo pido por favor. Yo sólo llamé para decirte que te extraño, y que te amo. ¿Te parece poco?
Esas palabras pusieron un freno en Marcos. Se quedó sin habla. Así como se había quedado frizado unas horas antes en el simulador, siendo sólo un espectador de los acontecimientos.
–¿Y? ¿No me decís nada?
–Yo también te amo. Disculpame, tenés razón. Tengo mis limitaciones. Vos lo sabés...
Cuando escuchó eso, se terminó de convencer, algo realmente pasaba para que Marcos dijera eso. Era casi una tragedia que reconociera algo así. Que no era perfecto, que no todo tenía que salirle irremediablemente bien.
–Bueno, Marcos, no te preocupes. Mañana vas a tener un día mejor, seguro.
–Pero te lo dije, estoy bien.
–Bueno, mejor así entonces, hasta mañana. Cualquier cosa llamame.
–Chau, beso.

Fue una ducha rápida. Sin canto, ni nada. Cuando se estaba secando escuchó el sonido de aviso de un mensaje de *Whatsapp*. ¿Quién será ahora? pensó. No estoy para mensajes boludos.
Se acercó, agarró el *iPhone 6S, gold*. El mensaje era de un número no agendado. "¿Quién es ahora? Mejor primero me voy a cambiar. No voy a dejar que ese teléfono domine mi vida." Se cambió tranquilamente. Se perfumó. Arregló el pelo con sus manos. Y nuevamente lo tomó.

Abrió el mensaje desconocido. "Hola Marcos, el empresario. Soy Charlotte. ¿Con planes esta noche?" Era un mensaje que no esperaba. Hasta en cierto punto le molestaba. Quiero estar tranquilo, quiero conversar conmigo mismo, no con una extraña. Volvió a mirarlo, sin abrirlo, para no ponerse en evidencia. Voy a hacer de cuenta que no lo ví. Tengo tiempo para ver qué hacer. Agarró la llave de la habitación, y salió veloz a bordo del descapotable. Entre los tantos que había en Miami, era uno más, asi que lo estacionó en una zona permitida y ni lo cerró. "Esto no es Buenos Aires. ¿Quién va a venir a robar este cacharro?" se dijo desmereciéndolo. No es una Ferrari, ni un Lamborghini. Mucho menos un Rolls. Si me lo roban me hacen un favor.

Enfiló hacia un pub, con letreros con neones, medio en penumbras. En sus planes no estaba comer, pero sí entonarse un poco para olvidar. Olvidar el turno del día. Buenos Aires y los reclamos de amor de Vanesa. Y la cruz. Esa maldita cruz. Lo tenía claro: su casa estaba marcada, era sólo cuestión de tiempo para que algo pasara. "¿Por qué no se lo dije al incapaz ese de Lucas? ¿Por qué no le dije que se diera una vuelta por el country e investigara qué tipo de cruz era? ¿Si una de niños o una de una banda peligrosa? Pero si es un idiota. Ese tipo es un idiota. *General manager.* ¿A quién quiere engañar? Ese tipo es un *looser*. Después de todo, ¿quién puede diferenciar una cruz hecha con un aerosol? ¿A quién tendría que llamar, a un perito calígrafo? ¿A un grafólogo? Qué pavada, que estupidez. Eso es, en esta vida todo es una estupidez. Uno quiere hacer las cosas bien, y siempre terminan mal."

La frase era banal, sencilla pero bien podría aparecer junto a algunas de filósofos baratos que suelen salir en las últimas páginas de las revistas. Vació la copa de Baileys como si se tratara de un Nesquik. "Dejate de joder, Marcos, tomate algo de macho. Estás hecho una nena." Seguían sus reproches interiores. Se acercó al Barman.

–*Hey man, give me something strong! Really strong.*

El tipo de la barra, como si siguiera sus órdenes, empezó a mezclar líquidos de distintos colores. Parecía que estaba preparando un cóctel explosivo, una bomba molotov. Juntó los distintos colores y sabores, y empezó a mezclar con la fuerza con la que batea un jugador de los *New York Yankees.* ¿Explotaría esa mezcla? No le importaba. La iba a tomar como si fuera un jugo Tang, un Gatorade, o una Mirinda.

–¿Tiene Granadina? le preguntó en castellano, olvidando que estaba en el hemisferio norte.

–*What, man?*, preguntó algo desconcertado el intelectual de los tragos. El artesano en unir líquidos.

–Nada. *Nothing*, se corrigió rápidamente.

Se quedó ahi en la barra. Casi sin hablar, mientras una música caribeña sonaba detrás. "¿Por qué ponen salsa? ¿Por qué no ponen un lento ochentoso? Uno de Michael Bolton, o de Joe Cocker. Agarro a cualquier gringa y la estrujo en mis brazos."

Mientras se iba anestesiando, mirando en dirección a la improvisada pista, lo único que vio fue a unas cubanas o dominicanas menear sus cuerpos al ritmo de Elvis Crespo. La canción era *Suavemente*. "¡Puta madre, cambien la música!" se molestó. "Pongan un tema de Don Johnson, uno de *Miami Vice*. ¡Si estamos en Miami!"

Seguía *Suavemente*, y unos morenos hacían alarde de sus habilidades y su coordinación. "¿Por qué no vienen a volar un avión, manga de ineptos? A ver si coordinan los movimientos en la pista. No esta pista de mierda. Sino en la de verdad. En la del *Miami International*, o en San Fernando un día huracanado y con mala visibilidad." Estaba furioso, enojado. No llamaba la atención de nadie. Era uno más. El peor de todos. El suplente de los suplentes. Hasta que escuchó una voz, entre todo ese ruido.

–Marcos, ¿sos vos?

Giró un tanto aturdido por el ruido, y otro tanto por la bomba que empezaba a bajar por su garganta humedecida y caliente, aunque el líquido era frío por demás. Aunque la imagen era borrosa, vio a una bella mujer. ¿O era el maquillaje? Estaba pintada, producida. Aparentaba diez años menos. Las marcas del tiempo, de las horas de avión habían desaparecido.

–Charlotte, ¿sos vos?, le preguntó sorprendido.

–Sí, señor Marcos, la misma. ¿Ya no me reconoce sin el uniforme?

–No, la verdad que no. Si te hubiera visto acá, bailando salsa, jamás hubiera pensado que eras la Charlotte del vuelo.

–Me pinté un poco y me solté el pelo, pero sigo siendo yo, Charlotte, la chica alegre que surca los cielos. ¿Me puedo sentar?, ¿Estás esperando a alguien?

–No, a nadie. De hecho estoy solo, muy solo. Vení, sentate. Le acercó otra banqueta. ¡Ponete cómoda!

La cara de sorpresa de Charlotte lo decía todo. Esta va a ser una noche especial, sintió en sus entrañas. Percibía una vibra que parecía decírselo. Hizo una pregunta tonta, estúpida, para romper aún más el hielo.

–¿Qué tal tu día, Marcos?

Su expresión cambió abruptamente. Aunque algo solapada por el cóctel infernal. No respondió nada, se quedó con la mirada como perdida.

–¿Qué estás tomando?

Recién ahí respondió.

–Es algo muy duro. Una molotov. No te lo recomiendo. En un rato más, no respondo por mis actos.

–Ya sé entonces que es lo que voy a pedir. Hizo una seña llamando la atención del barman, el crack que revoleaba cocteleras y botellas.

Mientras se acercaba hacia ella con el pelo humedecido por grandes cantidades de gel, Marcos se preguntó: "¿Este tipo habrá visto la película *Cocktail*, la de la música de los *Beach Boys*? Parece sacado directamente de ahí. Un aprendiz de Flanagan, un joven Tom Cruise en esa exitosa película." Ahí seguía latente su obsesión. Siempre le venía a la memoria su ídolo, Tom. El que volaba aviones de combate, conducía motos a alta velocidad, manejaba los tragos como nadie, y llevaba a la cama a cuanta bella mujer se le cruzara en cada uno de los filmes.

¿Estaba Charlotte al nivel de alguna de esas señoritas de película? Definitivamente no. Pero había un trago que lo estaba haciendo razonar confuso. Ya empezaba a olvidarse de que era un negociador, un mega empresario, un artista marcial, y que unas horas atrás había estrellado el *King Air* contra la pista de Miami. Ya no sabía nada. Era un simple espectador de sí mismo. Y un espectador desinteresado.

Ella empezó a beber su propio trago. Iba entrando, lento pero intensamente. Se empezó a sentir joven. Era la Charlotte veinteañera.

Deseada, piropeada, la que decidía entre un abanico de candidatos, la que dudaba entre tanta oferta. Y su histeria hacía, en ocasiones, que no se decidiera por ninguno. Y se sentía más llena aún.

–¿Y? ¿Cómo vas? Le preguntó Marcos.

–¿Qué cómo voy? En breve ni voy a saber que me llamo Charlotte. Un calor intenso me envuelve por cada célula, y cada fibra. Esto me pone la adrenalina como en la peor de las turbulencias. Cuando miro a los pasajeros, y veo en sus caras los primeros síntomas de un *panic attack*.

Quería saltar a los brazos de Marcos. Quería tomar dos o tres sorbos más, desaparecer de ahí y perderse en las profundidades de una cama *king size*, entre suaves sábanas. La que él justo tenía en la mansión.

Pero Marcos no lograba conectarse. Estaba perdido como tantas otras veces. El alcohol lo estaba llevando de la euforia a la depresión a una velocidad mayor de la normal.

–¿Qué pasa hombre que estás tan callado?

–No sabemos si hay un mañana. No sabemos si en la costa de la Florida se larga un huracán, y quedamos encerrados en el hotel con los vidrios a punto de estallar.

–¿Qué bueno sería no?, deslizó ella, sin pensarlo. Empiezo a cobrar fortunas por el imprevisto, por no poder volver en el vuelo programado, y además... hasta ahí llegó y se frenó abruptamente,

–¿Además qué?, preguntó él.

–No, nada, iba a decir una estupidez.

La molotov por poco la hace cometer un sincericidio pocas veces visto.

–Ya vengo, dijo él. Ahí estaba entonado. Con un volcán a punto de estallar en su interior. Efusivo, melancólico. Contradictorio. Con una sensación casi indescifrable. Atravesando el salón los vio. Un montículo de seres despersonalizados. Se dio cuenta por su apariencia. Pantalón beige la mayoría. Zapatos náuticos desgastados con los cordones a medio atar. Camisas leñadoras, a cuadrillé. Fucsia. ¿Serían los mismos que una vez lo habían molestado en su club cuando pequeño? Los mismos que le gritaban cuando con apenas diez años sacó su camiseta transpirada después de un intenso partido de tenis. 'Bestia', 'músculos', vociferaban haciendo de su extremada delgadez objeto de una burla despiadada. Esos jugadores de rugby que más de una vez lo habían molestado. Siempre en el grupo, sintiendo la protección en número. Desde esos cuerpos engordados como pollos preparados para la venta. Prosiguió su camino al baño, y el empujón entre dos de ellos se lo puso directo en su camino. Los miró con furia. Una furia contenida por casi cuarenta años. Lo corrió de su camino como quien se siente amenazado. Ya no era el niño delgado, indefenso. Sino un estudioso del cuerpo humano. Un erudito de los puntos débiles e incapacitantes. Miró fijamente su plexo solar. Pero de pronto eligió controlarse. Son una pobre manada descarriada. Ese pensamiento fue el antídoto perfecto para tomar distancia de una situación que podía convertirse en una trampa mortal. Salió disparado hacia el baño, como si hubiera tenido una ensoñación diurna. El cartel fluorescente titilante '*Restroom*' le marcó el camino.

Se miró al espejo una vez más. Como tantas otras veces. Como aquella en la estación de servicio después de haber perdido el control de Box por la Autopista Panamericana.

"¿Quién sos, maldito estúpido? ¿Qué querés?" Empezó a pasarse agua por la cara. Se mojó el cabello, ante la atenta mirada de quien cuidaba el baño. Estaba salpicando todo.

–Tenga cuidado, le dijo el trasnochador de baños.

–¿Cómo dice?

–¡Que tenga cuidado! Me está arruinando mi trabajo. Si tomó de más, váyase. ¡Pero no altere mi orden!

José Evaristo. Se acordó inmediatamente de él. De esos próceres de la nada. De esos charlatanes de turno. De tipos que dan lástima. En serios trabajos indeseables. Lo miró con desprecio.

–¿Quién sos, para decirme lo que tengo que hacer?

–Está ensuciando mi baño. ¡Estoy cansado de los borrachos como tú!

–¿Por qué no te buscas un trabajo, estúpido? Soy Marcos Tornatore, en Buenos Aires, y en Miami también. No voy a dejar que nadie me diga lo que tengo que hacer. Y menos un mugroso como vos...

El José Evaristo de los baños, con el pelo engrasado, y unos anteojos con marco exótico, lo miró con ojos aumentados y penetrantes.
–No te metas conmigo, soy cinturón negro en artes marciales. No te va a reconocer ni tu mamá si te toco, le dijo Marcos.
–Ah sí, no me digas. Todos dicen eso. Acá son todos boxeadores, o se creen Bruce Lee. En este mismo baño volteé a un tipo de 120 kg de un solo golpe.
Con la cara aún mojada, Marcos se empezó a acercar a ese alienígena.
–Mirá, tengo mucho que perder. Tengo familia. Soy exitoso. Soy famoso. Vos no tenés nada. Sos un despojo. ¿Por qué no te mirás al espejo?
Marcos estaba usando de chivo expiatorio a un humilde trabajador. Un tipo que se ganaba la vida con dignidad y cuidaba de su trabajo. Su cruce con los rugbiers lo habían aturdido aún más, mientras la molotov no hacía más que acentuar esa contradicción siempre latente en su interior.
Se abrió la puerta del baño. Justo entró un guardia de seguridad. Uno de esos grandotes de verdad. Se dio cuenta enseguida de que algo estaba a punto de pasar. Y el trabajador nocturno ahí nomás lo soltó, en un inglés enrarecido.
–Este tipo se está propasando, se está riendo de mi trabajo y de mí. Dice que es famoso, que es exitoso. Y se cree Bruce Lee. Sacamelo de acá, antes de que lo destroce.
Charlotte seguía esperando en la banqueta, con varios tragos más encima. Ya se sentía en el infierno. Perdida en la lujuria. "¿Qué pasa con Marcos que no vuelve? ¿Se habrá encontrado con alguna chiruza en el camino? ¿Estará haciendo algo impropio en el baño, a puerta cerrada? ¿Se habrá desmayado? ¿O se habrá ido?"
Pero la respuesta no era ninguna de todas las que ella imaginaba. Mientras intentaba dilucidarlo, vio a un tipo de dos metros de altura que arrastraba a alguien por la fuerza, lo arrastraba como se levanta a un niño de cinco años. Cuando pasaron a su lado, lo reconoció.
–¡Marcos!, gritó con todas sus fuerzas. Se levantó. La molotov la puso irracional. Tomó al gigante del brazo. Intentó pararlo. "Si lo anestesio

con un golpe, van a aparecer cuatro o cinco más como mínimo"-pensó. Eso lo hizo desistir de una violenta trifulca.
–¿Adónde va? ¿Por qué lo saca? ¡Él es Marcos! ¿Qué está haciendo?
El tipo seguía como si no la escuchara. Y Charlotte fue más lejos.
–Suéltelo, le dijo y lo mordió en un brazo. El grandote, quejándose de dolor, habló por un intercomunicador que tenía amarrado a la oreja. Uno de esos cómo usan los del servicio secreto. –Código uno, repito: código uno.

Dos más aparecieron inmediatamente, controlaron a Charlotte sin emplear la fuerza, y en menos de un minuto, tanto Marcos como ella eran expulsados del lugar. Al costado de la puerta se leía un letrero bien grande que decía: "la casa se reserva el derecho de admisión".
Expulsados como dos delincuentes. Así terminaron. La noche de lujuria parecía haber llegado a su fin y de una manera inimaginable.
–¿Qué pasó Marcos? ¿Qué hiciste? ¿Te propasaste con alguna dominicana?
–¿Que decís, de qué estás hablando?
–¡De por qué te sacaron así! ¡Es un papelón! ¡Y más papelón es que otros miembros de mi tripulación me vieron expulsada a mí también! Me puede costar mi trabajo. El que me costó años conseguir.
–Nadie pidió que te metas. No me eches culpas.
–Bueno, y ¿qué pasó?
–No quiero hablar de eso ahora.
La noche estaba oscura y desolada.
–Vamos que te alcanzo a tu hotel, le dijo.
–No, Marcos. No estás para manejar. Si te paran acá con el alcohol en sangre que debés tener, terminás tras las rejas.
Escuchar hablar de rejas lo hizo entrar en razón rápidamente. Se acordó de las comisarías, del "albañil"; ese compañero momentáneo de celda susurrándole sus miedos y problemas. Sus salidas fuera de la ley.
–Tenés razón, le dijo. Vamos a parar un taxi.
Pero ninguno pasaba.

—Si pudiéramos ir adentro y pedir que nos llamen un taxi, insinuó Charlotte... Pero ni locos podemos entrar ahí. Si nos ven merodeando otras vez, nos van a sacar, pero a los golpes.

—Esperemos. No tenemos otra opción. Ya va a pasar uno.

Seguían ahí como dos estacas. Los tragos los habían dejado heridos.

—Esa mezcla, eso que llamaste "molotov" nos hizo perder la razón, Vos terminaste haciendo no se qué cosa, porque no me querés decir. Y yo terminé mordiendo a un tipo de dos metros. ¡Qué locura, por favor!

El alcohol se iba diluyendo en la sangre y Charlotte estaba empezando a pensar con mayor claridad. Quince minutos y nada. Parecía un pueblo desierto. ¿Adónde habían ido todos? ¿Por qué no circulaban casi vehículos, y menos un taxi?

—Taxis, no quiero taxis, dijo de pronto Marcos.

—¿De qué estás hablando?

—De nada.

—¿Qué te pasa Marcos? ¿Te volviste loco?

—No, pero me voy a poner loco si me suba a uno. Mejor me voy con mi auto.

—¿Estás loco? ¡Vas a terminar preso!

—Preso voy a terminar si me toca otro José Evaristo. No los soporto. ¿Y si me toca un chofer psicólogo, qué hago? Voy a perder el control, como ya lo perdí ahí adentro.

—No entiendo nada de lo que me decís. Creo que la molotov te quemó alguna neurona.

—¡No sabes nada!, Charlotte. Tenés dos opciones: O te subís conmigo al convertible, o te quedas acá esperando sola.

Ella no se movió, ni respondió. Marcos, sin decir nada, empezó a enfilar hacia la nave. Metió la mano en su bolsillo trasero y sacó la llave; en medio de la penumbra, y una soledad paralizante.

Capítulo 18. Alguno de sus libros

Antes de que fueran las siete de la mañana, sus ojos estaban abiertos de par en par. Fue hasta el baño compartido del piso. Se dio una ducha rápida y se puso ropa cómoda. Ya habría tiempo para los hábitos. Una ducha rápida y una afeitada, y era casi el tipo más prolijo del mundo, un modelo a seguir. Si lo hubiera visto Octavio, el líder del penal de Ezeiza, se hubiera terminado de convencer. Ángel Patrilli, el Pastor, era realmente un hombre nuevo. No cabía ya ninguna duda. Sólo un escéptico, un verdadero desconfiado de la vida podría dudar. Pero este señor era bondad por donde se lo mirara. Hasta había empezado a perder paulatinamente sus reflejos de ex atleta y disciplinado policía. Con todas las habilidades y destrezas adquiridas en el cuerpo.

Bajó a desayunar. Unas mesas con tablones largos. Todo muy rústico. Mucha madera. El aire frío y cortante del ambiente le recordaron a los penales, aunque en Los Misioneros estaba todo viejo, pero bien mantenido. Y comparar a Ezeiza con este lugar era como comparar al Coliseo Romano con la Basílica de San Pedro, en el Vaticano. Uno, el punto de intersección de todos los males. Muertes, sacrificios, sangre, mucha sangre. Y en la otra pureza, bendición, y esperanza. Aunque en los misioneros reinaba la austeridad y el sacrificio, no precisamente los pilares del Vaticano, con sus cúpulas doradas y llenas de frescos; una opulencia descomunal.

–Cuéntenos, ¿qué pasó exactamente, Pastor, en el otro convento?, indagó el Padre Luis.

–Si me disculpa, tengo eso muy fresco todavía. Y recordarlo me haría realmente mal. Hoy me levanté maravillosamente bien, descansé como un angelito. E ir en busca de esos recuerdos, puede afectar mi optimismo durante el día.

–Lo entiendo perfectamente, Pastor. Solo preguntaba. Discúlpeme, lo mío fue una imprudencia,

–No tiene por qué disculparse. Acá somos todos hermanos.

–Si, pero fue un atrevimiento mi pregunta. No debería haberla hecho. ¿Y sabe qué? Escuché tantas cosas buenas sobre sus libros. Se que adoctrinó con ellos a nuevos fieles. Y nunca los leí. Me encantaría, sería un honor poder empezar a leer alguno de ellos cuanto antes.

–Como no hermano, sería un placer que un erudito como usted leyera mis textos. Me sentiría honrado.

–¿Cómo podría hacer para conseguirlos?, preguntó.

–Mire, Padre, no tengo idea de en dónde se consiguen, en dónde se venden. Pero el que publicó varios de mis libros es un amigo mío. Un amigo muy cercano. Su nombre es Marcos Tornatore. Un muchacho que me ayudó mucho con las publicaciones. Una muy buena persona. Sólo sería cuestión de contactarlo, y que nos mande varios ejemplares hasta acá, hasta el convento. Cortesía, una donación. Después de tantas ventas es lo menos que puede hacer.

–Bueno, sin apuro. Lo mío es un deseo, y si hay algo que me sobra es la paciencia...

Estaba convencido de que con un llamado estaba todo solucionado. Lejos estaba de saber que Marcos, su ahora amigo cercano, estaba embriagado, enojado, y desconcertado. Su noche aventurera no había sido sino un rotundo fracaso. Una pérdida de tiempo. Aunque todavía le quedaba una carta por jugar. Llevar a Charlotte hacia algún lado. No sabía adónde. Claro, primero ella tenía que subir. Convencerse de que subir a ese convertible era mejor idea que quedarse ahí parada, en la penumbra, y en la soledad de la noche, esperando por un poco probable taxi en esa zona dormida de la ciudad.

Capítulo 19. Acento neutro

Subió al auto. Se sentó casi a la altura del piso. Era tan bajo el vehículo e hizo su última apuesta. Desde ahí giró, la miró y se dirigió a ella, que todavía estaba parada en la calle
–¿Y Charlotte, qué vas a hacer? Es tu última oportunidad, antes de quedarte huérfana, parada ahí. Antes que algún maniático psicópata, tenga una mala idea, al verte ahí sola y casi dispuesta.
–¿Qué decís Marcos? ¿Quién me va a agarrar? Soy una señora.
–Los psicópatas no distinguen edad, ni sexo. Aunque la mayoría de las veces las víctimas son mujeres. Y mirate vos. Una apetitosa mujer, llena de sensualidad.
¿Qué era eso? ¿Provocación, manipulación, o el efecto del alcohol? Charlotte sintió temor. Es que este Marcos manipulador, negociador, le estaba infligiendo una dosis de duda subcutánea, casi intravenosa. Se vio atacada, raptada, subida a una Van por dos encapuchados, y sometida a la peor de las torturas. Así que no lo dudó.
–Esperá Marcos, gritó de repente, como si estuviera perdiendo el barco, el último barco por zarpar, que podía devolverle la libertad.
Él puso primera y aceleró, en un cambio que parecía no terminar. La aguja del velocímetro subía a la velocidad en que un amperímetro mide la corriente eléctrica.
–¿Qué estás haciendo? Si vas a manejar así, me bajo ya de esta chatarra.
–¿Chatarra? Este debe ser el mejor auto al que te subiste en toda tu vida.
–¿Por qué me maltratás, Marcos? ¿Qué te pasa? ¡Parecías tan correcto en el avión, tan maduro! Y ahora ¿en qué te convertiste?
–Siento necesidad de velocidad, gritó. ¡Vamos como bala! *Like balls of fire*. Eran todas frases de su película favorita *Top Gun*.
–Marcos, frená el maldito auto. Acá me bajo. ¡Hasta acá llegué!
Pisó el freno en forma abrupta. Se detuvo a cero en fracción de segundos. Un bólido descontrolado, contenido por los precisos frenos con ABS. Cuando Charlotte palpó la traba de la puerta, la agarró del brazo.

—¿Adónde vas? Y sin dejarla responder, de un tirón la acercó hasta su cara. La agarró con las dos manos. Le estampó un beso de galán de telenovela. Empezó a deslizar su lengua por entre sus labios. Y Charlotte no lo detuvo en absoluto. Su bronca, su furia se transformó en voracidad sentimental. Empezó ella a comerle la boca. A abrazarlo descontroladamente. Como quizás quería hacer desde el mismísimo momento en que lo vio. Los vidrios empezaron a empañarse por el calor de sus cuerpos. Empezó a abrirle la blusa. Mientras ella desabotonaba su camisa. Un jadeo constante.

—Vamos atrás, dijo ella en medio del ajetreo. Se dio vuelta y vio que el espacio de la cupé Toyota 86 era diminuto.

—¿Por qué no alquilaste un auto más cómodo Marcos? En este auto no hay lugar para nada.

—¡Pero si estas butacas son comodísimas! Pasate a mi asiento. Vení.

—Pero si ahí no hay lugar. ¿A cuánto estamos de tu hotel? Porque el mío está medio lejos de acá.

—No sé, ni me interesa. Esto tiene que ser acá y ahora. Vamos a perder el momento.

La volvió a agarrar del brazo, y la indujo hacia su butaca. Ella se pasó de asiento. Se sentó encima de él. Ni se daba cuenta de que tenía el volante contra su espalda, cuando Marcos empezó a frotarle su vientre y con maniobras complicadas por el escueto espacio, logró bajarle el pantalón. Ella ayudo por demás. Y antes de poder razonar dónde estaba y qué estaba haciendo, estaba gimiendo de placer. Así, como si nada. Como si fueran pareja desde hacía varios años, como si se conocieran de toda la vida.

—¡Ay, sí!, Marcos. Seguí así. Me encanta.

Con esas palabras se potenció aún más. Ni el exceso de alcohol lograban hacerle disminuir su virilidad. Era como un toro mantenido en cautiverio por mucho tiempo, sacado fuera de su encierro. Y en ese gemir, en esos gritos, encontró Marcos la manera de liberarse. De sus miedos, de sus dudas. De sus frustraciones.

Un final cada vez más anunciado.

–Sí nena, como me gusta. No pares más. Seguí así, seguí.

Y ella en un acento neutro, casi centroamericano, como si hubiera cambiado de identidad le susurró al oído.

–Hazme lo que quieras, Marcos. Soy tu juguetito. Hazme mujer, maldito. Hazme terminar. No pares nunca más. Mi macho.

Al escuchar tremendas palabras, se concentró. Pensó en cosas desagradables. Pensó en hombres. En torturas. En dolor. Y así estiró el momento. Para delirio de ella.

–Parecés un pibe de veinte años. ¿Dónde estuviste guardado todos estos años? ¡Ayyyyyyyyyyyyy! ¡Ayyyyyyyyyyyy! Era un grito casi de dolor. Pero era en realidad, el mayor grito de placer que había experimentado en su vida entera.

Y en ese momento, cuando ya no lo pudo retener más, gritó él también. Como un loco. Con una voz bien gruesa. Bien de macho. Fue el deleite final de ella. Un tipo tan masculino, tan ardiente. Realmente no podía pedir nada más. Marcos estaba muy por encima de sus expectativas. Mucho más de lo que realmente podía pedir.

El día siguiente lo encontró sólo. Con resaca. Agotado. Confundido. Se dio una ducha fría. Una vez había escuchado que las bajas temperaturas hacían funcionar mejor el cerebro. Que en un experimento habían puesto a chicos de escuela a hacer ejercicios en dos ambientes diferenciados. Un aula fría, y otra caliente. El resultado no dejó lugar a dudas. Los chicos pensaban mejor en el ambiente de menor temperatura. Resolvían de manera más rápida y clara los ejercicios y los retos numéricos.

El agua fría golpeaba su cabeza y buscaba en ello su fórmula para hacer de lo que quedaba del día algo un poco más claro, algo mejor. Se le entremezclaban imágenes de Charlotte. Galopante. Enardecida. Un agónico final, con ella delirante de placer.

Cuando logró bajar esas imágenes, cuando se relajó, se dijo "me pongo protector y me voy a caminar a la playa". Una gorra azul con la sigla LAPD en su cabeza era la protección y el anonimato garantizado para su caminata. Es que su fama repentina en Buenos Aires, sus apariciones en tabloides amarillos y revistas del mundo empresario habían producido una suerte de notoriedad placentera pero por momentos torturante.

El reflejo del sol en el agua lo mataba. Era mucha claridad para una noche tan larga. Como que los bastones de la retina habían acomodado al ojo para la visión nocturna y ahora no ajustaban frente a tanta claridad.

Siguió caminando por la playa como un loco que encontraba en cada paso una especie de liberación. ¿Hasta dónde llegaré? No sé ni me importa. Siguió caminando. Miraba el azul del mar con desconfianza. Ese agua debe estar infectada de tiburones. No me meto ni para refrescarme. El sol y el calor hicieron lo suyo. Empezó a sentir una sed como si estuviera en el desierto. Vio un parador que formaba parte de un hotel. No lo dudó. Fue directo ahí y se sentó en la barra. Pidió una hamburguesa con queso y una cerveza, le dieron unos maníes mientras la cocinaban. Con un short con palmeras y una musculosa color naranja, lejos estaba de ser el tipo citadino, el empresario obsesivo. El impecable. El que muchas veces se enfundaba en trajes, y ahora, en la última época, en uniformes de piloto.

"Piloto". Estaba enfrentado a esa palabra. Pidió una segunda cerveza. Mientras tomaba los primeros sorbos escuchó a su lado un claro castellano con un acento bien porteño.

–¡Cómo nos cagamos de risa anoche, boludo!

Marcos levantó la cabeza y puso atención.

–Esa rubia, la de anoche, me dijo que hoy volvía por el *Suculento*. Esta noche estamos ahí temprano. Creo que ayer me histeriqueó. Pero esta noche la arranco de ahí. Directo al hotel. ¿Me entendés, no?

El negro Mariano era un títere de Pertino. Era el Robin de Batman. Su compañero necesario en las noches. Pero una figura opacada por el aura ganadora del doctor. De hecho, Mariano había pasado por varias carreras pero las había dejado todas. No lograba definir que era lo que quería. Era la contraparte de Pertino, que ya desde cuarto año del colegio sabía: "yo voy a ser médico", les decía a sus compañeras. Ya practicaba la seducción desde adolescente. El negro Mariano decía que iba a ser corredor de 'turismo carretera' o TC2000. Pero nada de eso pasó. Y había deambulado no solo en varias carreras universitarias, sino en varios trabajos. Estaba siempre bajo la sombra de su mejor amigo, el doctor Nicolás Pertino.

Marcos escuchó la conversación, y empezó a mirarlo fijamente. Ni la resaca, ni las cervezas le hicieron perder su agudeza visual. Lo miró fijamente, y no dudó. Interrumpió la turbia conversación.

–¿Cómo andan, argentos? ¿Ustedes no venían en mi vuelo?

No se habían percatado de su presencia. Y la conversación los tenía abstraídos.

–¿Perdón?, exclamó Pertino. ¿Qué dijiste?

–¿Cómo andan, argentos?

Los dos miraban incrédulos. ¿Y éste quién sería?

–No se hagan los distraídos. Ustedes venían en mi vuelo. Lo miró fijo a Pertino.

–¡Vos sos el médico que se lució a bordo!

–¡Me viste!, susurró un casi tímido Pertino. Es que le gustaba la notoriedad y el reconocimiento, pero casi en forma disimulada. Cuando se lo decían directamente en la cara, trastabillaba. Era tal cual la famosa canción del grupo *Counting Crows*. La que en una parte dice: "Quiero ser un león, todos queremos pasar por gatos".

Eso era justamente el Dr. Pertino, un lobo disfrazado de cordero.

–De hecho, vos me atendiste cuando tuve la baja de presión. ¿No te acordás?

–Ah, no te puedo creer que eras vos. No te reconocí detrás de esa gorra y esos anteojos.

–Sí, me salvaste, podría decirse.

–No fue nada. Solo cumplía con mi deber.

–Gracias igual.

–Así que en primera fila de business, ¡debés ser millonario! Yo terminé ahí porque me pasaron, en agradecimiento.

–Sí, lo imaginé. Como sea, viajaste en la clase privilegiada.

–Sí, no le dí demasiada importancia, sentenció. Sólo viajé más cómodo.
Ahí nomás empezó a ver Marcos ciertas características en Pertino que se asemejaban a las suyas.
–Claro, me imagino.
–¿Estás solo?, preguntó el negro Mariano.
–Sí, estoy solo. Vine por trabajo, ¿Y ustedes?
–Nosotros vinimos por la joda. A conseguir mujeres. Como esas de las películas. Lindas de cara, exuberantes. Y dispuestas a todo.
–¿Y? ¿Cómo les está yendo?
–Hasta el momento mal, siguió el negro Mariano. Las americanas no nos dieron bola. Sólo alguna latina nos dio un poco de charla.
El doctor lo frenó.
–A mí no me fue tan mal. La rubia esa, espectacular, la tengo en la palma de la mano. Esta noche volvemos al *Suculento* y termina en la habitación del hotel.
–¿Es americana? ¿De dónde?
–No, ¿podés creerlo? Es una argentina que vive acá en Miami hace como cinco años.
–¿En serio? ¡Uh! ¿Y a qué se dedica?
–No sé, ¡ese detalle no se lo pregunté! A mí me indagó bastante. Mi laburo, si tengo departamento propio. Pero yo no le pregunté nada. La verdad no me interesa. ¡Sólo quiero llevarla a la cama y nada más!
–¿No será una profesional de la noche?
–No, para nada. Si así lo fuera, me hubiera dicho. Me hubiera advertido, o tirado un precio.
–Esa mina no es puta, agregó el negro. ¡Es un minón!
–¡Epa, negro! ¿Qué te pasa con Mariana? Todavía no la tengo y ya te veo excitado. Tranquilo, pibe. Esta noche puede ser tu noche. A ver si das la sorpresa y te arrancás a una californiana, o a una neoyorquina. Y te sacás la lotería...
Marcos los observaba, los estudiaba. ¿De dónde salieron estos dos primates?, se preguntaba. ¡Qué básicos que son! Y de pronto llegó una pregunta para la que no estaba preparado.

−¿Por qué no te nos unís esta noche? Vos sos un veterano fachero, le dijo Pertino.

−¿Veterano? ¡No seas hijo de puta!

−Tres es el número de la discordia, ¡pero podemos hacer un buen equipo juntos! Esta noche podemos arrasar en el *Suculento*. ¡Tirar el medio mundo y sacar peces grandes! ¿Qué te parece, amigo?

Antes de responder pensó para sus adentros "¿Cómo puede este chanta ser un médico? Y quizás uno reconocido. Fue la estrella arriba del Boeing 777". Ese pensamiento esporádico lo trasladó mentalmente al asiento izquierdo de la cupé Toyota. Charlotte envuelta en sudor y gimiendo de placer. Después de una pausa mínima, respondió.

−¡Pasame tu Whatsapp!

−¡Vamos carajo!, soltó el negro Mariano. Esta noche la rompemos en el *Suculento*.

Dio el último sorbo, terminó la última cerveza. les estrechó la mano. Esta noche nos vemos. Ahora tengo que ir a descansar. Disculpen. Se levantó y desapareció.

Intencionalmente en blanco

Capítulo 20. Una hoja en blanco

Los días iban pasando lentos y tranquilos. El Pastor se iba acomodando con gran rapidez. Una de sus mayores cualidades era ahora su poder de adaptación. Calabozos, cárceles, conventos. La escenografía cambiaba. Pero había una cosa que era siempre la misma. No mutaba. Eran sus profundos diálogos interiores con Dios. Su ofrenda de sacrificio. Era algo marcado a fuego, como ese tatuaje que aún sobresalía en su antebrazo izquierdo: Lucrecia. Un resabio de su pasado mundano, violento, atroz. Esas letras ya nada querían decir, pero ni se le ocurría tapar esos vestigios. Su filosofía era clara. Cada paso en el camino de la vida tenía un significado. Formaban el surco que echaba las raíces, cada vez más profundas, de su presente tan próspero. Vivir una vida de recogimiento, de estudio, algo que era una tortura para el común de los mortales, era para él el equivalente al mayor de los júbilos.

El Padre Luis y los otros curas lo admiraban. ¿Cómo hizo para sobreponerse a todo? Todo lo que le fue pasando. Es terrible. Su vida es terrible. Un ejemplo de la conversión, una pauta de que cualquier ser humano puede hacer. Sólo falta proponérselo, y tomar el camino correcto.

–Estamos felices de que esté aquí. Es aire nuevo en nuestro convento. Una historia viviente. Un gran predicador de la fe. Sólo hay una cosa que nos inquieta, prosiguió el Padre Luis. Sus perseguidores. ¿Quiénes son? ¿Por qué lo quieren muerto, Pastor?

Respondió como otras veces.

–No es un tema del que quiera hablar. Es un pasado sepultado. Como usted dice, hoy soy otro. Y no quiero ser ejemplo, ¡solo quiero predicar!

Y como cambiando bruscamente el tono, el Padre Luis mostró su descontento.

–Mire, Pastor. Como le repetí innumerables veces, estamos felices de que esté aquí. Pero en algún momento nos va a tener que hablar. Nos va a tener que contar. ¿A quiénes nos enfrentamos? ¿Por qué? Lamentablemente, y siendo realistas, es así. Es una batalla juntos. Si algo le pasa a usted, nos va a pasar también a nosotros. Y lo peor, temo por la integridad del convento.

–No se preocupe, padre. Nada va a pasar. Aquí estoy seguro. Y también lo están ustedes. Nadie sabe mi paradero. No hay margen de error esta vez. Los Misioneros está seguro, y ustedes también. Eso es todo lo que le puedo decir.

La insistencia lo inquietaba. Ya casi lo molestaba. Pero no tenía opciones. Era ese convento o el riesgo a la exposición. Se encerraba durante largas horas en su habitación. Y en un escritorio rústico, de pino barato, intentaba escribir. Pero nada le surgía. Vivía en el mayor de los silencios en un gran recluimiento, pero nada le surgía esta vez. Había conseguido una antigua *notebook*, muy básica. Había sido lo que quería y lo que había ansiado en la cárcel, y nunca lo había conseguido. A pesar de tener dinero, a pesar de los sobornos, la respuesta había sido siempre la misma. "No es posible Pastor, no se nos permite." Ni las gestiones ante Quebracho, ese duro guardiacárcel amigo del pasado, ni los intentos de Octavio por verlo feliz. Nada había surtido efecto en ese tiempo. Y ahora ahí estaba, con la tan ansiada *notebook*. El cursor titilando, dispuesto. El archivo de Word que no arrancaba. Nada por actualizar, ni por guardar. "¿Qué me pasa?" se preguntó. "Están dadas las condiciones. Conseguí lo que finalmente quería. Nada, no me sale nada." Iba a empezar a culpar al padre Luis, por atormentarlo, por llenarlo de preguntas. Pero frenó esos pensamientos. "La culpa es mía, sólo mía".

Se estaba dando cuenta. No siempre lo que soñaba le daba el mejor de los resultados. La hizo a un costado. La apagó. "¡Esta computadora!", pensó. Sacó un papel. Empezó a mirarlo. Sacó la lapicera Cross. La que había sido un obsequio de la de los rasgos aindiados. La profesora de inglés. La que se había dado por vencida, en aquella última visita a la cárcel.

Allí estaba con la lapicera en su mano y la hoja arriba del escritorio, como si fuera un alumno bloqueado en su pupitre. Frustrado. A punto de entregar la hoja en blanco, y ser el hazmerreír de sus compañeros por no poder gestar ni una sola idea. Quería forzar la inspiración, pero se dio cuenta que no podía. Las palabras no surgían. Iban ya varios intentos y nada. Cruzaban por su mente las preguntas del padre Luis. ¿Cómo hace, Pastor? ¿Cómo le surge? ¿Cómo hace para plasmar en un papel tantas ideas, brillantes, e influir en tantas personas? Sintió vergüenza. Me están sobreestimando. Temió por un instante haber perdido la inspiración. Y en forma definitiva corrió la hoja y se apoyó sobre el escritorio. Casi vencido. Se estaba por quedar dormido. Pero de pronto, y casi sin saber por qué empezó a sentir una inyección de optimismo. La angustia, casi depresión, empezó a transformarse bruscamente en esperanza.

No había dudas. Desde el cielo, desde la inmensidad abstracta, ahí estaba el ser superior, el todopoderoso, dispuesto a darle aunque fuese un guiño a uno de sus más fieles seguidores.

Intencionalmente en blanco

Capítulo 21. Entender lo inexplicable

Llegó como cansado, confuso. Ya ni se acordaba cuando tenía su próximo turno de simulador. Ya casi ni le importaba. Sólo pensaba en ese extraño personaje, omnipotente, engreído. El Dr. Pertino. "'Viejo fachero', que estúpido ese tipo. Vivió encerrado estudiando el cuerpo humano, pero de la vida no sabe nada. Es un perdedor. Esta noche les voy a enseñar a él, y a ese Robin que tiene al lado, quién es Marcos Tornatore y cómo se seduce a una mujer. Que ataque rápido a la rubia esa de la que hablan, porque si no va a terminar en The Mansion, entre sábanas sedosas en el claroscuro de esta lujuriosa cama matrimonial."

Terminó de pensar esa palabra, y no fue más que un *wake up call* de qué estaría haciendo Vanesa. ¿Cómo estarían los chicos? Sí, a pesar de todo seguía teniendo memoria. Su modelo de hombre estaba cayendo en picada, y sus habilidades de vuelo iban por la misma senda. Pero aún así, seguía recordando.

Marcó el número de Vanesa, quien se sorprendió por su llamado. Tan indiferente había estado la última vez. Desdoblando su personalidad se mostró eufórico, seguro. Casi optimista.

–¿Qué hay de B.A? Por acá todo bien. Focalizado en mis cosas. Listo para el segundo turno de simulador, descansando mucho.

La insensible esta vez era Vanesa. No le respondió, ni preguntó nada...

–Sigo viendo esa cruz en la medianera. Sigo con miedo, Marcos. ¿Qué vamos hacer al respecto hasta que vuelvas de Miami? Temo no sólo por mí. Sobre todo por los chicos.

–Está todo bajo control, Vanesa. Ya hablé con los detectives, quedate tranquila.

–¿Y qué te dijeron?

–Nada aún.

Bueno, no te duermas en los laureles. Ya sé que en lo único que pensás es en el entrenamiento en el simulador. ¿Pero sabés qué? Me importa un bledo en este momento. La empresa va a funcionar igual, con vos sentado de un lado o del otro del avión. Lo que estás haciendo es solo para tu ego, para demostrarte algo.

Sus palabras eran fuertes, fuertes por demás. Marcos no lo esperaba. Pero disimuló una vez más. –Tenés razón. Ahora mismo me vuelvo a comunicar a ver qué novedades hay.

–¿A ver qué novedades hay? No, Marcos. Hacé algo al respecto. Planteales que querés seguridad, que nos sentimos en riesgo. Contratá a una persona. Una de confianza. Hace que mis días y el de los chicos sean seguros. ¿Entendiste?

–Entendí perfectamente. Ya mismo los llamo.

–¿Y qué les vas a decir?

–Lo que hablamos.

–No les preguntes. Ordenales. Quiero mi casa custodiada.

–*Okey*, ya te entendí. ¡No me retrases más! Ya mismo los llamo.

Cortó enojado la llamada. Era en realidad bronca consigo mismo. Por ser manipulado por Vanesa, pero a sabiendas esta vez de que ella tenía toda la razón.

Iba a discar a La Lupa. Tenía que hacerlo. Discó dos veces. El número daba ocupado o saltaba el contestador. Maldita agencia, se dijo.

Iba a llamar una tercera vez, pero la imagen de Pertino se le cruzaba una vez más. Se le aparecía como un fantasma, y sin pedir permiso. "¡Ese arrogante! ¡Se cree un ganador! Ya a ver quién se adueña de la noche. ¡Estúpido!

Se miró al espejo. Se sacó la remera. Hizo una pose contrayendo los músculos. Lanzó un golpe casi perfecto y atrás lanzó otro. Un giro y una patada. Vení José Evaristo. Vení que te tiro al piso otra vez."

Mientras observaba sus movimientos coordinados, y se admiraba un poco, como un actor que estudia sus gestos y sus posturas, sonó el celular. El timbre que le indicaba un mensaje de Whatsapp. ¡Otra vez ese teléfono!, exclamó. Me distrae de mis momentos, este momento es mío. ¡Al diablo el puto teléfono! Tuvo ganas de arrojarlo. De llenar la bañadera y ahogarlo ahí adentro. Respiró profundo, hizo el gesto reverencial de los maestros. Se reverenciaba a sí mismo. Y otro timbre, y uno más.

Tanto decir que no para sus adentros y fue directo al Iphone. Como si el teléfono lo dominara, como si transformara un no en un sí. Una especie de amo que lo dominaba en el tiempo. Lo miró casi con desprecio, pero atento. Podía ser alguien importante, podía ser un negocio. Podía ser su instructor. Podían ser tantas personas de su extensa lista de contactos. Pero era una. La que había albergado su placer poco tiempo atrás. La que lo hizo gritar como un animal. Como el animal que a veces era, detrás de esos trajes perfectos, y esos perfumes de aroma francés.

–¿Cómo anda mi bestia infernal?

"¿Y a ésta que le pasó?", pensó. "Ayer no se quería subir a mi auto. Tanto dudaba. ¿Y ahora qué quiere? ¿Va por más? ¿Será una ninfómana? ¡Ya le di todo lo que tenía! No me quedó más. ¡Estoy vacío!"

Mientras intentaba leer el mensaje sin abrirlo, para no evidenciar que estaba atento al teléfono, entró otro mensaje. *Harold* se leía en el encabezado. Lo abrió sin dudarlo. *Tomorrow 8.30, Mr. Marcos. Study the silabus.*

Ese mensaje fue como una alarma, como una sirena de bomberos. Ahí mismo cayó y recordó para qué estaba en la Florida. No era para tomar tragos, ni para pensar en mujeres, ni en citas. Mucho menos en competencia masculina. Estaba con un propósito, y ya casi lo había olvidado.

Vanesa, la casa marcada, Charlotte, Pertino y su rubia, la promesa de una noche exitosa. Todo eso era ficción. Había una cosa, y sólo una que lo había traído hasta ahí. Y casi lo había olvidado.

Dejó el teléfono a un costado, ni miró su reloj. El Breitling que le habían recomendado como el mejor reloj de aviación, era el emblema de poder en su muñeca. No miró nada. Absolutamente nada. Abrió la sábana, la de seda, y así como estaba se enfundó dentro ella. Solo un pensamiento rondaba ahora su cabeza: descansar.

Llegó al turno focalizado, pero íntimamente sabía que no había estudiado ni repasado nada. Ni siquiera sabía de qué iba el turno en cuestión. Pero repentinamente estaba descansado. Y se sentía feliz. ¡No entendía por qué! Pero aprovechó el envión. Se hizo del control del avión. El copiloto a su derecha, un joven norteamericano, asistía con la dedicación y el método de un médico forense. Las cosas le iban saliendo. Las distintas pruebas a las que era sometido, quedaban resueltas sin dificultad.

Y llegó la famosa plantada de motor, justo cuando empezaba a sacar las ruedas del piso. Un momento crítico para el piloto. En medio de la transición tierra-aire. Miró el horizonte artificial fijamente, casi sin pestañar. Interpretó correctamente hacia dónde banqueaba el avión y aplicó pedal para enderezarlo. En una fracción de segundo, el *King Air* estaba perfectamente bajo control, y ascendiendo sin dificultad.

–*That's good, Marcos! Very good!*

La felicitación de Harold no hizo más que entonarlo, estaba volando como el Barón Rojo, Saint Exupéry y Howard Hughes, juntos.

Terminó el turno. Harold le dio una palmada en la espalda. En un inglés rápido le soltó: –Así se hace muchacho, vas por el buen camino. Marcos sonrió.

Volvió a la cupé Toyota casi sin entender. Los días anteriores habían pasado llenos de excesos. Definitivamente se había desentendido de los turnos, del estudio. ¿Cómo podía ser? ¿Cuál era la explicación? ¿Por qué siendo metódico y estudioso había andado mal, y ahora que venía de ser un desastre, había pasado con éxito y felicitado? No le encontraba explicación.

Mientras conducía nuevamente hacia el hotel, recordó lo que se había perdido la noche anterior. El *Suculento*. ¿Qué habría pasado allí? ¿Habría podido Pertino con la rubia? ¿Y qué habrá hecho Robin, se habrá quedado sumido en el alcohol en alguna barra? ¿O habrá sido como le pasó a él? El ganador había perdido, y el negro Mariano se había llevado la corona de laureles. Todo podía pasar. Porque si algo había entendido en los últimos meses era que la vida no tenía lógica. Y el ser previsor muchas veces terminaba dándole malos resultados.

Llamó a La Lupa, siguió las instrucciones de Vanesa. En ese momento era un niño aplicado cumpliendo a rajatablas las instrucciones impartidas. Esta vez atendieron en el primer llamado. En forma vehemente le dijo:
–Escuchame Lucas, tengo un pedido importante para hacerte. Quiero custodia en mi casa y la quiero ya. Seleccioná a alguien con un perfil adecuado. Sin titubeos ni demoras. Esta tarde la casa tiene que estar cubierta.
– Ya mismo me pongo en campaña. Tengo algunos nombres en mente. Pero quiero para usted el perfil más adecuado. Despreocúpese, señor Marcos. Se lo resuelvo en breve. Usted y los suyos van a estar cubiertos. Para eso estamos, para brindarles tranquilidad a nuestros clientes.
Marcos llamó nuevamente a Vanesa.
–Quedate tranquila, amor. En un rato se comunican con vos. Te van a pasar el nombre de la persona, el custodio. De ahora en más, no tenés por qué preocuparte.
–¡Gracias, Marcos! Gracias por ocuparte de nosotros.
–De nada mi amor, es lo menos que puedo hacer. A propósito, ¡no sabés lo bien que me fue hoy!
–¿De verdad?
–Sí, fui una luz. ¡Todo me salió bien!
–Bueno, me alegro.
–Viste, las cosas se van enderezando.
–Llamame más tarde, y contame cómo fue lo del custodio. *Please*!
–Un beso, amor, así lo haré. ¡Qué bueno que te hayas acordado de que tenés una familia!

Intencionalmente en blanco

Capítulo 22 Sueño tormentoso

El Pastor se adueñaba de la situación. Se acomodó rápido y empezó a liderar el convento. Tenía un manejo casi innato o una ayuda extraterrenal. Pero estaba sufriendo en las noches, se despertaba transpirado. Tenía pesadillas recurrentes. Se veía en *Popeye*. A los tiros. Y era él quien caía al piso. Sentía dolor en el pecho. El mismo dolor y quemazón que había sentido Marcos aquella noche cuando había quedado tendido. Estaba desparramado en el piso, los narcos lo pateaban. Hasta que quedaba reducido a un despojo humano. Se despertaba vertiginosamente. Sin entender por qué, ¿Cuál era el motivo de sus pesadillas? "Ya pagué por mis errores. ¿Por qué me tiene que pasar esto? Dios, ¿por qué? Si estoy en el camino del bien. Si soy tu servidor. ¿Por qué estoy tan aturdido? ¿Por qué me siento perseguido?" Trataba de olvidarlo, rápidamente. Negarlo. Hacerlo desaparecer. Pero era un sueño recurrente y frecuente. "¿Es un mensaje lo que me estás dando? ¿Qué me estás queriendo decir?"

Durante el día disimulaba su desconcierto. Y era un tipo tranquilo, lleno de paz. Como un psicólogo que encamina a sus pacientes, cuando ni siquiera puede con su propia vida.
"El libro. Mejor dicho, los libros. Les tengo que conseguir los libros al Padre Luis y a los otros padres". Sin más buscó una libretita. Su agenda telefónica. Y discó.
–Hola- se escuchó del otro lado. -¿Quién habla?
–Soy Ángel, el Pastor Patrilli.
A Vanesa se le congelaron las ideas. Su brazo casi se acalambró. Supo inmediatamente quién era. Pero preguntó tontamente, como sin salir de su estupor.
–¿Quién habla?
–Disculpe señora, que la moleste. ¿Marcos se encuentra? Soy el Pastor, siguió su presentación.
–Marcos no se encuentra, está de viaje. Vanesa respondía fría y seca.

–Ah, mil disculpas por molestarla. No encontré el número de la oficina. Así que este número era mi única opción. ¿Cuándo puedo ubicarlo?
–Mire, él está afuera, vuelve en no menos de una semana.
–Ah, entiendo, le comentó. Mi llamado era simplemente para pedirle un favor. Si me puede mandar al convento ejemplares de los libros que escribí. Los otros curas los están esperando deseosamente.
–Mire, esas cosas las maneja mi marido. ¡Yo no tengo idea!
–Bueno, me vuelvo a comunicar en unos días. Gracias de todas maneras.
Vanesa colgó. De pronto sintió que había sido muy ruda. Maleducada. Recordó que el tipo había sido atacado, que casi había perdido la vida. Le tendría que haber preguntado cómo estaba. Pero enseguida cambió de parecer. "¿Qué le tengo que preguntar? ¿Por qué tengo que consolar o ser *polite*, con el cuasi asesino de mi marido? De ninguna manera." Igual quedó con una sensación agridulce. Ni bien hablara con Marcos se lo iba a comentar. No había sido una llamada más.

Capítulo 23. Manolo

Su nombre era Manolo y estaba entrenado por las fuerzas israelíes. Apostado cerca del frente de la casa, la custodiaba. Los vecinos lo notaron. Pero a quienes más le llamo la atención fue a los niños. Sobre todo a Patri.

–¿Qué hace ese señor parado ahí al lado de nuestra puerta?

Vanesa no estaba preparada para esa pregunta. Así que improvisó.

–Mirá Patri, ese señor nos cuida cuando papi no está.

–Pero no tiene cara de bueno. Me asusta un poco.

–No te preocupes. Es bueno, muy bueno. Sólo pone cara de malo, para que la gente le tenga miedo y no se acerque.

–¿Y si mis amigos le tienen miedo y no se quieren acercar? ¿Y si no quieren venir a casa a jugar?

–No, Patri, quedate tranquilo, eso no va a pasar. Quedate tranquilo.

Se dio cuenta de que tendría que haber empezado por una presentación formal con los chicos, para darles confianza. Pero la primera desconfiada, la que no se sentía cómoda, era ella misma.

No estaba acostumbrada a esos menesteres. A pesar del dinero que habían acumulado, Marcos no era una estrella de Hollywood, ni tampoco un empresario que saliera en los primeros puestos de la revista *Forbes*. Pero la cruz pintada había acelerado lo que en Marcos era casi ya un deseo: hacía rato sentía que su familia necesitaba protección.

Patricio se acercó Manolo intentó ser amable, dócil. Pero no lo logró. Su dureza asomaba por cuanto costado se lo mirase. Y su sonrisa fácil, afectiva, no engañó a un niño que tenía en los genes la agudeza y el instinto de su padre. Después del saludo, quedó aún más aterrorizado.

–Me da miedo ese señor, le dijo a su mamá.

–Ya se te va a ir. Te da miedo porque es un extraño. Pero tranquilo Patri, dentro de poco va a dejar de serlo.

"¿Cuándo volvés Marcos?", pensaba ella. "Estas sí son cosas de hombres, que deben ser manejadas por hombres". De pronto se sintió frágil, más

frágil que nunca. Como en aquellos días de gimnasio, cuando su compañero de elongación parecía ser la solución a todos sus problemas. El tipo apostado a un costado de la casa era garantía de tranquilidad.
Ya se lo había dicho Lucas.
–Quédese tranquila, señora. No se preocupe por esa cruz. Ya no va a significar nada. El que se acerque a su casa va a llevar una cruz sobre sus espaldas. Manolo es lo mejor de lo mejor. Tenemos las mejores referencias. Es un soldado disfrazado de civil. Para su tranquilidad, le contratamos un pintor. Esa cruz va a desaparecer pronto. Sin ella, y con Manolo retomará su tranquilidad habitual. Por el momento le dimos instrucciones de dormir en su vehículo, o en la garita. Igual ese tipo está acostumbrado a sobrevivir en las peores condiciones. Puede vivir adentro de un *container*, de ser necesario. Lo aconsejable es que duerma dentro de su casa. Pero eso lo dejamos para cuando vuelva el señor. No queremos la mínima posibilidad de una intrusión. No la admitimos. Nada librado al azar. Ahora relájese. De todas maneras yo creo que esa cruz, fue solo una tontería de adolescentes.
–Le agradezco todo lo que me dice. Pero de todas maneras, no me haga más aclaraciones. Lo único que logra es que me ponga más nerviosa, al borde de la paranoia. Todo eso háblelo directamente con mi marido.
La casa custodiada empezó a ser el comentario del *country*. –¿Quién se cree que es Tornatore?, arriesgó un vecino. ¿Se piensa que es Mark Zuckerberg o Jeff Bezos?

Desconocían los verdaderos motivos de la custodia. Un nuevo costo entre tantos, basado en la paranoia, la desconfianza, en este caso no de Marcos, sino de la buena de Vanesa.
¿Había adquirido sus hábitos? ¿Se había mimetizado? ¿Era ésta una nueva versión de Vanesa, hecha a semejanza de su marido en determinadas cuestiones?

La rutina era agotadora. Se sentía observada. Manolo sabía cada uno de sus movimientos. Una verdadera pesadilla para ella, que se estaba volviendo paranoica por demás.

Sin embargo, la cruz ya era historia. La medianera presentaba un blanco brillante. Contrastaba enormemente con el color del resto de las paredes. La humedad y las lluvias habían hecho su trabajo. El clima rioplatense que todo lo arruina.
Se lo dijo Nidia, una de las madres del colegio.
–No te persigas más, Vane. Después de todo, si realmente era un mensaje, la van a volver a pintar. Y si así fuera, ¡te tendrías que mudar!
Se subió a la camioneta, ahora una Porsche Cayenne, con tapizados color camel.

No era una ayuda precisamente para una sociedad como la argentina que condena al diferente, al que logra algo, que termina siendo como un semáforo, un talismán para los *chorros*. Como si llevara un cartel adosado que dijera: "vengan por mí, tengo dinero". El resentimiento de los marginales, los excluidos, una amenaza constante que hasta ven en esos objetos un desprecio y una provocación. ¿Cómo decirle a un trapito en un semáforo "no tengo ni una moneda", mientras limpia con agua reusada y sucia los cristales, siguiendo con ojos penetrantes a su posible nueva víctima?
Se subió a la Cayenne y lo llamó.
–¿Cuándo volvés Marcos? Ya mandaron un custodio, se llama Manolo. Da miedo con su cara. Patricio está aterrado. ¡Tenés que volver!
–¿Mete miedo? Qué bueno. No se va a acercar nadie, eso es lo importante,
–Sí, pero no estoy contenta. Me siento observada. ¡Qué se yo quién es este tipo!
–Viene de La Lupa, la mejor empresa en cuanto a seguridad se refiere. Quedate tranquila. Igual lo mío ya está muy encaminado. Adelantaría el pasaje. Pero me van a cobrar por eso una penalidad. Y la verdad no me da la gana de andar pagando sobreprecios a estas empresas que lucran con todo. Podría canjear puntos acumulados, pero prefiero reservarlos para algún viaje exótico que hagamos juntos en el futuro. Aguantá Vane. Todo va a estar bien.

–Sí, seguro. Pero yo ya desconfío de todo. ¡Cada vez me parezco más a vos, Marcos!

Cuando escuchó eso, pensó en sus errores groseros, en Lucrecia, en Charlotte, en su deseo irrefrenable de conquista.

–¿Pareciéndote más a mí? ¿A qué te referís?, dijo preocupado, sintiendo que quizás tenía que beber un trago de su propia medicina.

–No estoy tranquila nunca. Estoy acelerada. Nada alcanza.

Escuchar eso fue como un respiro.

–Cuando vuelva vas a retomar la tranquilidad. ¡No estás acostumbrada a estar sola! ¡Te falta mi protección! Ya mismo vuelvo. Creo que te perturbó esa noticia de Patrilli, de la explosión del convento. Te trajo a colación varios fantasmas.

–A propósito, ahora que lo decís, me estaba olvidando...

–¿Qué pasó?

–¡Llamó Ángel!

–¿Ángel?

–Sí, el Pastor Patrilli.

Se hizo un silencio en la línea... un silencio mortuorio.

Capítulo 24. Imprescindible

Algunas quejas empezaron a filtrarse en el *country*. Había desconfianza. Los vecinos se sentían observados. En lugar de protegidos, por la vigilancia que en definitiva pagaba otro, empezaron también a sentirse perseguidos. No había un protocolo establecido para esos casos. No había nada escrito en las normas de convivencia, ni en los derechos, ni en las obligaciones de los vecinos. Era una novedad que producía incertidumbre. Manolo había hecho del country una especie de servicio de inteligencia. Con el cable en su oído, anteojos espejados, saco con escudo, había cambiado la dinámica del lugar. El aire era pesado, solemne, y la gente se cuidaba. Lo observaba. Lejos de ser invisible, estaba a la vista de todo el mundo.

Patricio se sentía un poco más tranquilo. Les había contado a sus compañeros, aún ante la advertencia de su madre de no hablar del tema. Esto es algo nuestro. Y sus amigos con la imaginación desplegada por tantos 'video games' y películas fantásticas, querían ir a su casa. Querían conocerlo. Manolo era una especie de súper héroe en su escuela. Y el menor de los Tornatore empezó a sentir el gusto de la popularidad. Ya sabían que su padre era millonario, que volaba aviones. Y ahora sabían también que era tan importante que tenían a un tipo armado apostado en su casa.

Discutían entre ellos. "Hoy quiero ir yo", decía uno de sus compañeros, el líder del curso. Empezó a sentir una nueva confianza. Su reputación iba en aumento, y Vanesa sospechó algo.

–¿Qué pasa, Patri, que de repente en el último tiempo vinieron más amigos a visitarte que en los últimos dos años?

–Nada, mami. No pasa nada. Tengo muchos amigos, nada más. Debe ser porque soy bueno. Hago lo que siempre me decís. ¡Me porto bien, hago la tarea, y trato bien a los chicos!

–Vamos, Patri. ¿Qué hay detrás de tantas visitas?

–¡Te juro que nada!

Vanesa lo sabía, pero prefirió no decir nada. Lo vio contento, y eso la puso contenta a ella también. Después de todo, la presencia de Manolo había mejorado sustancialmente el humor en la casa. La cruz había quedado borrada definitivamente y los temores habían desaparecido con ella. Solo faltaba que Marcos pegara la vuelta de su viaje.

Capítulo 25. La ventana

–Quiere libros. Está en un nuevo convento. Quería hablar con vos...
–¿Y cómo está el Pastor?
–¿Qué sé yo cómo está? No le pregunté, no tengo la confianza.
–¿Te dejó algún número donde contactarlo?
–No. Le dije que estabas de viaje que se volviera a comunicar.
–¡Qué grande el Pastor Patrilli! ¡Qué tipo ese!
–¿Qué te pasa Marcos? ¿Te olvidás que quiso matarte?
–Es un loco lindo, un tipo que estaba confundido, enfermo. Pero se curó. Eso es lo importante. Y ahora es un pan de Dios. Un predicador, un líder de opinión. Un referente. *Influencer* como lo dicen ahora. Y encima hizo negocios conmigo. Me permitió crecer aún más. Innovar en otros rubros.
–Sí, eso es lo que te importa. Lo otro es historia. Es lo único que te importa.
–No digas eso, Vanesa. No es así. ¡Hay que saber perdonar!
–¿Qué decís, Marcos? ¿Te afectó la humedad de Miami o el frío en el simulador?
–Ninguna de todas esas. Uno a veces a la distancia reflexiona y se da cuenta de cosas. ¡Y entre esas, cuánto te amo!
Vanesa se quedó paralizada. Hacia tanto que quería escuchar algo así, y no llegaba.
–¡Es hermoso lo que me decís! ¡ Yo también te amo mucho! Y te extraño.
–Ya pronto vamos a estar juntos nuevamente. Chau hermosa, voy a pensar en vos. Y te voy a llevar varias sorpresas. Hoy me voy de *shopping*.
–Deja, no me digas nada...
–Ya hice una lista de cosas. ¡Hay varias sorpresas!
–¡No seas tonto! ¡No me digas más nada! ¡Que si no, deja de ser sorpresa!
Encaró los *malls* de Miami. Su corazón latía fuerte. La sensación de poder de consumo lo ponía eufórico, incluso mucho más que a ella.
Entró a un local, miró un par de prendas, sus etiquetas, y los precios eran despreciables. "Voy a tener que comprar dos o tres valijas más, no puedo

parar de comprar con estos precios. El *sale* aquí es verdadero." Acostumbrado a Buenos Aires se preguntaba: "¿Cómo pueden hacer rebajas del 70% y aún así obtener ganancia? Es una locura. Las rebajas en Argentina son una mentira. ¿Cómo lo hacen posible? Tendría que vivir al menos tres meses del año en estas latitudes. Huir del invierno argentino." Y mientras lo pensaba, se dio cuenta de que solo era cuestión de proponérselo.

Su rubro favorito era el de las relojerías. "¿Cómo pueden vender relojes de 30.000 dólares?, pensaba. ¿Quién los compra? ¿Cómo los usan?" Una vez más chocaba con la triste realidad. "Si me paseo por Puerto Madero con un *Hublot* de ese valor, voy a terminar desvalijado como en la película *Nueve Reinas*, cuando con las estampillas en su poder, les arrebatan el maletín que contenía esos sellos tan costosos y codiciados."

Así que borró su adrenalina por un instante, y se conformó con una marca menor. La que generalmente auspicia la Fórmula Uno. 'Remember Senna' decía la publicidad. Lo compró, le sacaron unos eslabones, y cuando se subió a la cupé Toyota se sentía brioso. Esta porquería no arranca, se dijo. Tiene pocos caballos de potencia. Debería andar con una Honda de colección. La que diseñó Ayrton junto con los ingenieros nipones. La que fue todo un suceso allá por el año 1992 o 1993. La flamante Honda NSX, cuyo diseño aunaba los conceptos de la ingeniería nada más y nada menos que de la máxima división, la fórmula uno.

Puso primera y una dirección en su GPS. No era el camino habitual a su o hotel. Veinte minutos de trayecto y estaba frente a una casa humilde. Detuvo el motor. Hizo una pausa. Miraba directamente en dirección a una ventana. No había movimientos. En una maniobra rápida bajó del vehículo y se dirigió hasta el buzón. Sacó un sobre papel madera, abultado, bien doblado. Lo depositó en el buzón, cuidadosamente. Volvió sobre sus pasos. Puso en marcha nuevamente el convertible. Pero decidió pararlo abruptamente. La misma ventana. Una mirada fija. Un niño se paseaba delante de ella. Sonriendo. En algún tipo de juego solitario.

Mestizo. Robusto. Parecía feliz. Apretó el volante. Iba a bajar. Quería hacerlo. Darle un abrazo. Fue un instante que pareció eterno. La ventana y ese niño. Destrabó su puerta. La abrió. Pero algo internamente le decía que no. Un no enorme. Respiró profundo. Se sobrepuso.
Cerró nuevamente la pesada puerta. Su corazón se batía a gran velocidad. Una vez más el rugido del motor. En un andar sigiloso, pisando apenas el acelerador, desapareció de la escena. La cara de ese niño. Una postal imborrable.

Y finalmente llegó el llamado. El Pastor estaba ansioso. Más ansioso que un niño.
−¿Llegó Marcos, señora? Quiero obsequiar los libros al convento, me están haciendo un gran favor aquí.
−No, Marcos no llegó aún. Pero lo hará pronto.
−¿Le puedo dejar mis datos, así no la molesto con otro llamado?
−Cómo no, respondió Vanesa, más educada esta vez, después de los reproches de Marcos.
Mientras anotaba la dirección y el teléfono, lo repitió en voz alta, para no dejar lugar a dudas.
−Eso es totalmente correcto. Una vez más disculpe las molestias, señora. Espero el llamado del querido Marcos.
−Quédese tranquilo, Pastor. Ni bien llegue se va a estar comunicando con usted.

Intencionalmente en blanco

Capítulo 26. Ezeiza, fría y húmeda

Dos turnos más y la evaluación ante la autoridad aeronáutica. Un examen sin fisuras, casi perfecto. Marcos quedó habilitado como comandante. Su progreso fue meteórico, exponencial. Ese *crash* que hizo el primer día fue evidentemente por una mala interpretación del instrumental.

–Es fácil ver que no sólo tiene el control de la aeronave en todo momento, sino que está gestionando muy bien la cabina. Lidera, marca los tiempos, no se apresura, y resuelve con aplomo. Está en la edad justa, agregó Harold a modo de *debriefing*. Lo felicito Marcos. Espero visitar pronto su país. Quiero ir a probar esas carnes tan famosas y a degustar los exclusivos vinos que tienen allá por el sur.

–Cuando usted quiera. ¡Está siempre invitado, capitán! Y le vino a la memoria el recuerdo de las peripecias que había sufrido con el otro americano, habanos mediante, en *La parrilla de guante blanco*. Pero descartó el pensamiento. "Este tipo debe ser metódico, es ex militar, debe estar acostumbrado a la disciplina. Y esas conductas aprendidas en la juventud quedan marcadas a fuego hasta el final de los días".

–Por favor Harold, no sólo está invitado. Le digo más: se lo pongo casi como una obligación que me venga a visitar. Está invitado con su mujer, cuando quieran.

–Con mujer no, respondió. Estos viajes de amigos se hacen solos.

Ahí mismo Marcos tuvo un *déjà vu*. Lo sintió. La historia podría repetirse. Otro prócer viniendo a estas pampas, sintiéndose protagonista de una revolución.

–*Congratulations captain*, le dijo. Harold le estrechó la mano. Marcos fue más allá, y lo tomó en un fuerte abrazo. Algo a lo que la cultura anglosajona no está acostumbrada.

–*Thank you for all your help*, respondió susurrándole al oído.

–*You are welcome, captain.*

El vuelo de regreso fue sereno, sin sobresaltos. No había una Charlotte, ni mucho menos un Pertino entre los pasajeros. La misma línea aérea, el mismo tipo de avión. Pero ese mismo vuelo parecía haberse hecho en planetas diferentes. Durmió más de la mitad del vuelo. Sintió que descansaba. Estaba libre de preocupaciones, y eso se notó en la relajación de su organismo.

Tornatore aterrizó finalmente en Ezeiza. –Bienvenidos a la ciudad de Buenos Aires. La temperatura actual es de 5 grados centígrados, se escuchó por cada uno de los parlantes del avión. Esa fue la primera mala noticia. Se abrió la puerta, y a través de la manga acoplada pudo observar una niebla espesa. Frío, humedad y baja sensación térmica, formaban un cóctel letal para su adaptación.

Pidió por un vehículo grande, una camioneta, para llevar las cuatro valijas que traía consigo.

Lejos de las *vans* que eran moneda corriente en el país del norte, lo llevaron al estrecho estacionamiento. Allí estaba la supuesta espaciosa camioneta. Para su desconcierto era simplemente una Renault Kangoo. Apilaron sus valijas en una especie de movimiento de Tetris. –Perfecto, dijo el chofer. Qué espaciosa es la Kangoo. ¡Me encanta! ¡Qué camioneta! Sin dar respuesta, y solo asintiendo con la cabeza, empezaba la odisea de Marcos.

La autopista Ricchieri estaba abarrotada de autos y camiones. Empezó a recordar la Argentina. La Buenos Aires del conurbano. Vehículos con mal mantenimiento o sin pasar por el taller en décadas. Modelos Falcon estropeados, algún despojo de Renault 18. Todos autos que habían sido furor más de treinta años atrás. Pero no eran precisamente autos de colección, bien mantenidos.

Eran el medio de transporte de personas que no se preocupan por su seguridad, y mucho menos por la de todo el resto. Muchas veces circulaban con una luz quemada y una sola óptica funcionando, y de lejos se veían como una moto. De pronto miró fijo y descubrió que la otra ni siquiera estaba en uno de ellos.

"¿Y la VTV?. ¿Cómo pasan esos autos la verificación técnica vehicular?", se preguntó.

"Mano dura, eso es lo que falta en la Argentina. Que las leyes se hagan cumplir. Y que el habitante sienta que si viola alguna norma, una pena severa se le viene encima. La cultura de la transgresión, del no pasa nada..." Mientras iba pensando todo eso, descubrió que en su interior, él también transgredía. Mientras estaba afuera era un lord inglés, pero en territorio argentino se transformaba y pasaba a ser uno más.

Empezó a sentir escalofríos. Se había desadaptado. Sus ojos habían visto Ford Mustang's, Corvettes, camionetas Dodge Ram. Y ahora se encontraba con esas camionetas usadas para fletes, con la caja de madera atrás. Un verdadero insulto a la estética y a la tecnología. Escapes que contaminan, y largan una nube de combustión mal quemada.

–¡La puta madre! murmuró para sus adentros. Pero el chofer lo escuchó.
–¿Cómo dice?
–¿Qué?, preguntó Marcos.
–Me pareció escucharlo insultar.
–No, le habrá parecido.

Dudó en hablar del tema con el chofer. Pero rápidamente lo sacó de su cabeza. El tipo había dicho unos minutos atrás estar encantado con su Kangoo. Quizás ni siquiera había estado en los Estados Unidos, o en Europa. Entrar en tema, o en una discusión podía ser fatal, de suma gravedad. Optó por el silencio. Era lo mejor para su salud, y su estado de ánimo, que ya empezaba a tornarse melancólico.

La avenida General Paz le presentó mejores vehículos, y ya en la autopista Panamericana, la situación siguió en progreso. Ahí se dio cuenta. Era un elegido. Él y su familia. Pero debía seguir un circuito por donde moverse. Tenía a la cuidad y la provincia de Buenos Aires segmentada. Sabía por dónde debía moverse y por dónde no.

"Qué mentirosos esos políticos que recorren en campaña lugares a los que nunca concurrieron, solo para la foto, para decirles a esos ciudadanos olvidados: aquí estamos y nos acordamos de ustedes. Pero una vez en sus puestos, no vuelven nunca más..." pensaba Marcos cuando la Kangoo entró al country, pasó varias barreras, y llegó hasta la casa. Ahí lo vio. Un tipo recio, atento, y dispuesto a todo. "¿Sabrá pelear ese muchacho?

Debería ponerlo a prueba. Tirarle un par de combinaciones y giros a ver cómo responde." Estaba avisado. Pero Marcos lo vio nervioso por demás. Claro, no sabía en qué vehículo iba a llegar. Hacía su trabajo. Vio que llevaba su mano a la cintura. "Me gusta esa actitud", pensó. Pero ahí nomás le ordenó al amante de las Kangoos:
–Frene el vehículo. Espere que voy a bajar el vidrio. Si no, nos van a cagar a tiros.

Se hizo visible para bajar la ansiedad de Manolo, que ya estaba por desenfundar como cuando en los duelos del lejano oeste hacían el giro que terminaba en disparo, y uno de los dos caía al piso mortalmente herido.
–Soy Marcos Tornatore. Tranquilo, Manolo.
Se dio cuenta de que había sido un error no tener el celular del guardia para avisarle: estoy llegando en un Renault Kangoo color verde. Pero… cómo culparse. El vuelo, la presurización, y el haber entrado en sueño profundo lo habían dejado atontado.
Al ver ese movimiento, al chofer no le daban las manos para ayudarlo a bajar las valijas. Las bajó de a dos. Quería desaparecer cuanto antes de ahí. "¿A quién traje?", se preguntó.
Se fue más rápido de lo que había llegado. No fuera a ser que una bala rompiera el lustre de la para él suntuosa camioneta.
–Permítame señor Marcos, que lo ayudo.
–Muy amable. Aprovecho para presentarme. Soy Marcos Tornatore.
–Manolo. Para servirlo, señor. Le estrechó la mano, la mano del amo que le daba de comer.

Capítulo 27. Tiempo sin sentido

Se acostó. Vanesa lo besó dulcemente en su mejilla. Eran las siete de la mañana.
–Seguí durmiendo Marcos, debes estar muerto.
Casi que no le pudo devolver el beso. Pero sus ganas de ver a los niños pudieron más. Se levantó. Los besó, los abrazó. Sintió su alma reconfortada.
–Que tengan un lindo día, les dijo. Presten atención en clase, pero por sobre todas las cosas, diviértanse. Ya van a tener tiempo más adelante para estar serios y afrontar todas las obligaciones de la vida.
No entendieron muy bien lo que les decía. Pero lo besaron y abrazaron.
–¡Te extrañamos mucho!, dijeron casi al unísono.

Volvió a la cama recargado. Intentó cerrar los ojos nuevamente, pero el desvelo pudo más. Se vistió rápido con lo primero que encontró. Hizo una breve escala en el aeropuerto de San Fernando. Lo felicitaron. ¿Cómo le va, comandante? ¿Cómo está, capitán? Eran la frases que más resonaban en el aeropuerto. ¡Felicitaciones! Sin saber por qué, su estadía fue corta. Se dirigió hacia Global, que hacía mucho tiempo tenía abandonada. Su empresa, la primera, la que le había dado todo. Fue directo al piso 15, saludos varios al recorrer su vieja oficina. La que ahora ocupaba Walter, su cuñado. Pero éste no estaba. Se sentó sobre el sillón, el de antes, el de siempre. Y ahí la sintió encima suyo. Una vez más. Lucrecia, la secretaria obediente. Tan obediente, que cumplía hasta con favores sexuales. La que estaba enamorada de él. La que soñaba con imposibles. Quería llevar el tiempo atrás, aunque fuera por una milésima de segundo. Quería sentir su calor. Y de pronto se vio a sí mismo atrás de la puerta. Y recordó su frase memorable: "Es ahora o nunca, Lucrecia". La escuchaba gemir de placer, pero todo se enturbió cuando empezó a escuchar sus reproches. Sus ganas de que dejara todo por ella. Una ingenuidad, una estupidez.

Le entró un *Whatsapp* de su viejo compañero de tenis. Diego B. "¿Querés jugar hoy? Tengo cancha reservada, y me falló mi rival. Si podés: a las 13 en el Racket Club".

Había ido un par de veces. Era su cable a tierra. Ahí se sentía perteneciente. Como si fuera una membresía al primer mundo. No lo dudó. "A las 13 estoy ahí", respondió. Siempre tenía el raquetero y algo de ropa en el mínimo baúl del Porsche. Su estado físico no era el mejor, muchas horas de traslado, y una noche casi perdida, a pesar del descanso a bordo.

Marcó al celular de Vanesa.

–Me voy al Racket, le dijo. Tengo partido.

–¿Al Racket?, preguntó extrañada. Pero si estás casi sin dormir. No me parece lo mejor que vayas al club después de un largo viaje. Hoy te conviene descansar...

–Si, lo sé. Pero quiero ver si hoy le hago partido a mi rival de siempre...

–Bueno, está bien, después de todo a vos ir al Racket Club te hace bien. Así que no te voy a discutir.

Diego B. lo despachó con un 6/2 - 6/1.

–Bien jugado - le dijo a Marcos mientras lo saludaba en el centro de la cancha.

–¿Me estás cargando?

–No, respondió su rival. El resultado no importa. Es anecdótico. Lo importante es que el partido salió lindo.

No le salió ni una sonrisa forzada. "Anecdótico", murmuró. Le quiero ganar a este tipo. ¿Cómo tengo que hacer? Nunca había logrado sacarle más de cuatro *games*. Pero bueno, su consuelo era que Diego B. era el número uno del club. Un ganador innato, y con un estado físico envidiable.

–¿Probaste la nueva Head?, le preguntó Diego.

–No, yo sigo con Wilson.

–¡Cambiá! Yo no me animaba. Pero al final esta raqueta me dio más de lo que hubiera esperado.

Ahí estaba. Había una manera. Encargó dos en el *Tenis Shop*. Se fue a las duchas contento. Lo que había sido hasta ahora una inquietud, se había transformado en una posibilidad.

"Con la nueva Head, cuando juegue otra vez contra este *pithecanthropus erectus*, va a ser una realidad. No sólo le voy a sacar más *games*. ¡Le voy a ganar el partido!"

La ducha fue rápida pero reparadora. Se subió a Box, y aceleró por Valentín Alsina, la calle que bordea el golf de Palermo. Unas lomas de burro le hicieron detener la marcha. Por un costado desde una rampa inexplicable, un vehículo grande, oscuro, se le cruzó por delante, bloqueándole el camino. No había muchas opciones. Detuvo su auto. Como en cámara lenta veía a un tipo arma en mano acercarse por el lado de su ventanilla. Le apuntó al vidrio.

–Baje Tornatore, le ordenó.

Con esa frase le quedaba claro. No era un robo al azar. Sabían quién era.

Dudó un instante. Pero el camino estaba bloqueado. Y la zona, ¿acaso estaba liberada? ¿Cómo podía un tipo apuntarle al vidrio a las tres de la tarde con toda tranquilidad? ¿Qué es esto?

Temió perder su vida. Dejó a Box en marcha y no lo dudó. Bajó. Con un abrazo que parecía de amigo, el hombre lo arrastró hasta el otro vehículo, mientras otro individuo se subía a Box y arrancaba detrás del gigante negro.

Lo subieron en la parte trasera. Le taparon los ojos con una especie de venda y le dijeron:

–Quedese tranquilo, si colabora nada le va a pasar.

–¿Adónde me llevan? ¡¿Por qué me llevan?!

–No hable. Si quiere seguir vivo siga nuestras órdenes.

El traslado duro bastante tiempo. Casi una hora.

"Me deben llevar a la provincia, a alguna zona inhóspita. La fama y el dinero cuestan caro", pensaba desde la oscuridad. "¿Cuánto querrán estos tipos?" Tuvo miedo por un instante, cuando pensó en Vanesa y en los niños. "¿Para qué habré ido al club? Vanesa tenía razón, hoy tendría que haber descansado". Mientras se reprochaba haber ido, sintió que el

vehículo se detuvo. Escuchó ruidos, algo parecido a lo que podría ser un portón metálico. De pronto hubo un silencio absoluto. Sintió que una de las puertas se abría. Y la voz más cercana le decía,
–Vamos Tornatore, baje. ¡Llegamos!
(innecesario y corta la narrativa)Lo metieron en una pieza. Las persianas estaban bajas. Había muy poca luz. Hacía frío.
Cerraron la puerta. Se escuchó el giro de una llave.

Se sacó la venda. Estaba desconcertado. El cambio de escenario había sido demasiado brusco. Del lujo de pertenecer, al máximo de los anonimatos. Ya no era Tornatore, ni siquiera Marcos. No era nadie. Sólo un despojo humano privado de su libertad.

Las horas iban pasando. Al menos tenía su reloj. Lo miraba fijamente, y veía como el segundero iba avanzando. Tiempo sin sentido. Tiempo que le estaban robando de su preciada vida. Lo más absurdo que podía sentir un ser humano, ser sometido hasta el punto de no poder disponer de su destino. Se tocó el bolsillo, y ahí recordó el momento en el que le habían sacado sus pertenencias. No tenía ni la billetera, ni su celular. Estaba incomunicado.
–¿Qué hice mal? ¿Por qué me tiene que pasar esto? ¿Dios, qué hice? ¡Maldita Argentina! ¡Maldita policía! Malditos todos. ¡La puta madre que los parió!, gritó colérico.

Pero nadie se acercaba. Ni siquiera para reprocharle sus gritos. ¿Sería acaso una estrategia de debilitamiento? Si así era, estaba surtiendo efecto. Porque empezó a sentirse debilitado. Hambriento. Recordó *Condena Brutal*, esa película memorable en donde Stallone era torturado en una celda. Al extremo que en plena oscuridad y confusión, después de largas horas, le prendían de pronto grandes reflectores y lo obligaban a decir su nombre, en una especie de ritual destructivo. Leone gritaba ante cada una de esas horribles situaciones. Y luego, otra vez en la oscuridad, hacía flexiones en el piso para no perder la vitalidad.

Al igual que Leone, empezó a sentir confusión. Su ira comenzó a transformarse en desprecio por sí mismo. "Soy una basura. Algo habré hecho para merecerme esto." Un dolor en el pecho lo agobiaba. Era

angustia contenida. Comenzó a llorar. Empezó a descargarse. Ya se lo había dicho una vez su analista: "No es sólo de mujeres llorar, hay veces, Tornatore, en que llorar es muy terapéutico. Es curativo, diría yo."
Y mientras lloraba como un niño, sintió girar la llave en la puerta. ¿Para que vendrían? ¿Estarían sus horas contadas? Todo el esfuerzo, tantos negocios, su éxito. ¿Todo habría sido en vano? ¿Sería un desconocido el que tomaría el control de su vida? ¿O peor aún, se la llevaría?

—Tornatore, vaya contra la pared de la habitación. Aléjese de la puerta.

La puerta sólo se abrió en parte y el deslizar de la bandeja contra el piso hizo un ruido metálico que le recordó el de los calabozos. Pero ni siquiera estaba "el Albañil", ese extraño personaje que lo había sacado de la soledad en su primera detención, después de golpear al taxista. El que se confesaba reconociendo que cuando no revocaba paredes 'salía de caño'. Por ser un *habitué* de las comisarías al menos había logrado transmitirle algo de tranquilidad. Acá estaba solo. La puerta se volvió a cerrar. Otra vez la llave.

—¿Qué quieren de mí? ¡Háblenme, díganme algo!
Y el silencio fue otra vez absoluto.
—¡Malditos!, comenzó nuevamente a gritar. ¡Soy Marcos Tornatore! ¡Se metieron con la persona equivocada! Si van a hacer algo, ¡háganlo ahora!
Pero tras los pasos de salida reinó el mayor de los silencios.

Empezó a mirar en detalle la habitación. La lámpara del techo no estaba. Las persianas estaban resquebrajadas, casi rotas. Empezó a imaginar algún movimiento, pero tenía que decidir cuál iba a ser. Un paso en falso y las consecuencias podían ser peores que su actual situación. O quizás las mismas. O bien, su suerte ya estaba echada: podía no haber premio ni condecoración por la buena conducta. Se sintió Michael Scofield por un instante. El protagonista de la serie *Prison Break*. Ese carilindo con un cerebro superior. Una especie de MacGyver moderno que también en base a la ciencia y el ingenio encontraba siempre la manera de escapar. Pero se dio cuenta de que no tenía la fuerza de Leone, ni el ingenio de Scofield. Había una única salida. La ventana. No tenía tiempo para desgastar superficies ablandadas por el tiempo, ni siquiera una faca casera para violentar alguna estructura. "¡Dale Marcos! Sos un negociador. Negociá con estos tipos. Es lo que mejor sabés hacer." Empezó a aplaudir con sus manos, cada vez más fuerte. Sin ningún resultado.

–Hola, ¿hay alguien ahí? Quiero hablar con ustedes, podemos llegar a un arreglo.

Nada del otro lado.

–¿Cuánto quieren? Tengo plata. Pongo la plata y me liberan. No vi nada. Nunca estuve aquí. ¡Quédense tranquilos!

Lanzó un grito marcial. Uno de esos que empleaba en cada práctica de karate, acompañando golpes espasmódicos. Proveniente de adentro, desde el diafragma, con la potencia de un cantante de ópera.

Pero después de tanto grito se dio cuenta que todo era en vano. Todas esas maniobras no tenían ningún sentido. Solo era cuestión de tiempo. El que precisamente siempre le faltaba, pero que ahora tenía de sobra. No había nada por hacer. Sólo esperar. Ese era su único destino.

La comida era asquerosa. Pero que le dieran comida era un signo inequívoco de que al menos querían mantenerlo con vida.

"¿Por qué mierda no me hablan, qué sentido tiene? Me trajeron hasta acá. ¿Por qué no me dicen por qué, o para qué?"

Desde aquel día sacando la basura, todo había sido cuesta abajo. ¿Cómo un hecho tan sencillo y cotidiano pudo ser el disparador de toda la debacle? Sus logros, se daba cuenta, no habían sido sino sólo algo transitorio. Pero su presente, no era más que el resultado de la consecución de hechos desafortunados y hasta tenebrosos. Aunque podía recordar sus hazañas, el despegue de su compañía aérea, sus éxitos con el Pastor. Ahí estaba la clave. Su verdadera clave, Ángel Patrilli. Aunque se matara por ocultarlo. Aunque lo viera hoy con buenos ojos, todo había empezado por ahí. Patrilli no era más que el principio y el fin. Hospitales, comisarías, calabozos y juicios. Todo tenía un común denominador. Y ese denominador tenía dos letras: A.P. Ángel Patrilli. Se sintió invadido por la negatividad y la furia. Intentando dormir, una sola cosa lo llevaba a la paz.

Comenzó a recordar cómo había empezado todo. Sobrevolando el delta del Rio Paraná y el Río de la Plata en toda su anchura. Observando a su mentor, Javier Lanzani. Esas charlas en el comedor Solís, que lo trasladaron a otro estamento. El que nunca hubiera sospechado. El que lo transformó en otro, el que le dio disciplina y finalmente notoriedad. Lo que siempre había querido. Recordó la revista *Punta*: Marcos Tornatore, empresario aéreo. Y lentamente empezó a sentir un bienestar. Se sintió importante una vez más. Y su pensamiento volvió una vez más a esa habitación, su oficina, el piso 15. "Es ahora o nunca, Lucrecia." ¡El recuerdo lo llevó a una inexplicable erección! Estaba ahí. Lo sentía. Sentía a ella gemir de placer. El olor a sexo. El final, el placer. Se despertó sobresaltado, casi gritando su nombre. "¡Lucrecia!" No supo dónde estaba ni cuánto había pasado. Miró hacia su alrededor y lo supo de inmediato. No era Miami, no era su lujosa habitación de *The Mansion*. Estaba en una húmeda y derruida habitación, en algún lugar de la provincia, con su destino fuera de alcance, librado al azar, o simplemente a alguna ininteligible razón.

–Si se la ha sacado, póngase la venda. Vamos a entrar. No haga nada absurdo, Tornatore. Retroceda. Atrás.

Lo trasladaron a otra habitación. Lo sentaron en una silla.

–Espere que ahora viene el jefe.

Sucedieron pasos y una voz un tanto autoritaria:

–Sólo queremos una cosa de usted, Tornatore.

Se hizo silencio.

–Díganme por favor, ¿qué quieren? Es dinero, ¡se los doy!

No es dinero. Sólo es una cosa, volvió a decir la misma voz.

Y no soltaba la frase, o su ansiedad parecía hacerle vivir la escena como en cámara lenta.

–El Pastor. Queremos al Pastor.

–¿Al Pastor?, preguntó casi desconcertado.

–Sí el Pastor. Ángel Patrilli. Usted lo conoce. Usted también ha sido su víctima. Como lo he sido yo. Tenemos algo en común, ¿ha visto?
–Yo no sé nada del Pastor.
–Vamos Tornatore, no se haga el tonto. No está en condiciones.
–Sí, pero hace mucho que no se de él.
–Nos da al Pastor y es hombre libre. No le queremos hacer daño a usted, ni a su familia.
–No toquen a mi familia, respondió en un afán proteccionista. No se metan con mi familia.
–Le vuelvo a decir, Tornatore. Denos al Pastor, y todo esto va a quedar en el olvido. Lo va a borrar y va a ser como si nunca hubiera existido. Sólo denos a Patrilli. Esa inmundicia que se hace llamar "el Pastor".

Capítulo 28. El amor de su vida

Vanesa estaba más que inquieta. Marcos no contestaba su celular. No había llegado a casa. Algo andaba mal, muy mal. Su última comunicación había sido la de "me voy al Racket". Y a partir de ahí no supo más.
–¿Dónde está papá? ¿No viene a comer hoy?, preguntaba Vicky.
–No chicos, hoy papi tenía una cena de negocios, respondió ella en el afán de llevar tranquilidad al hogar.
Marcó al 911.
–Quiero reportar la desaparición de mi marido. Nunca llegó a casa. No contesta el teléfono.
–¿Desde cuándo?, preguntó una voz fría pero entrenada.
–Desde hoy al mediodía.
–Diríjase a la comisaría más cercana, a realizar la denuncia. El 911 es para emergencias señora, y por lo que usted dice, no estamos seguros de que lo sea. Radique la denuncia en el destacamento policial.
Cortó el teléfono colérica. "¿Cómo me pueden responder eso? Tratarme así."

Estaba casi segura de que la situación era más que anormal. Que algo grave había pasado. Pero necesitaba de más tiempo para probarlo. Volvió a insistir. Otro llamado, pero fue en vano. Se activaba el contestador. No era su proceder habitual.
Una llamada más y le dejó un mensaje.
–Marcos, de verdad que estoy preocupada. Llamame, *please*, así me quedo tranquila. Me estoy desesperando, ¡ya! Llamame amor, te amo.
La devolución de la llamada no llegaba. Nunca llegó. Le dijo a Manolo que cuidara de la casa y se dirigió a la comisaría de Pilar. Ya no tenía dudas. ¡Algo malo había pasado!

Cuando iba de camino, sintió una sensación desagradable. Nunca habían estado los chicos solos en la casa, con ese custodio extraño en las inmediaciones. Pensó en dar la vuelta. Pero lo descartó. "Los chicos van a estar bien", se dijo. "Debo estar paranoica ya. Después de todo Manolo está para darnos seguridad". La preocupación número uno era Marcos, el gran Marcos. El que la contenía, el que le daba todo. El que había estado ausente mucho tiempo. Pero era al fin de cuentas, su marido, su compañero. El padre de sus hijos. Y ahora que no estaba, su ausencia lo elevaba a otro nivel. Sentía brevemente esa sensación. La que había tenido en sus comienzos. ¡Era el hombre de su vida! Mejor dicho, el amor de su vida.

–Que aparezca mi marido. Búsquenlo. Algo grave le pasó, le suplicaba al agente que tomaba declaración.

–Quédese tranquila, señora. Ya mismo lo cargo al sistema y empieza una segmentación, un rastrillaje. ¿Dónde me dijo que fue visto por última vez?

–En el Racket. El Racket Club de Palermo. Es un club de tenis.

–Ya lo dejo asentado, señora. Ya tenemos sus datos. Ni bien tengamos una novedad, nos comunicaremos. Le pido una cosa: no apague su celular. Es la manera más rápida que tenemos de contactarla. A propósito, su marido, Tornatore, ¿no es el empresario famoso?

–Sí, es él. Se lo suplico. Tiene que aparecer cuanto antes.

–Cuente con eso, señora. Su marido es mi ídolo. Es un ejemplo de superación. Soy el primero que no va a dejar que nada le pase. Principal Ayala, y le estrechó la mano.

Capítulo 29. Dudas

Decidió colaborar. Temió por él y su familia. Mi celular, tengo su número en mi celular. Una seña bastó para que su flamante IPhone X apareciera en segundos. Acá tiene. Espero que esté en lo cierto. Lo prendió, empezó a buscar en los contactos. Y vio que muchos faltaban. "¿Qué pasó? ¡Hay varios contactos que no están! Siguió buscando, y el número del Pastor Patrilli no estaba."

Fíjese bien, ¿no lo habrá agendado de otra manera o con un seudónimo?. Ante la insistencia, lo buscó por su nombre, pero no había ningún Ángel en la agenda de contactos. Algo debe haber pasado. Me faltan varios números.

–No se haga el vivo, Tornatore. Le recuerdo que no está en la mejor de las condiciones. Mejor que ese número aparezca o las consecuencias van a ser graves.

–Ya sé que pasó. Ahora me doy cuenta. Qué pelotudo. Este teléfono es nuevo. Lo compré hace poco. Y cuando pasé los contactos… no sé que pasó. Los tenía en la nube. No entiendo por qué no pasaron todos.

–¿De qué nube me habla?, Tornatore. Déjese de tonterías.

–La nube, el ICloud.

–No sé de qué me está hablando. No me trate de estúpido. Le vuelvo a repetir. O me trae a Patrilli ya, cuanto antes, o va a preferir no haber nacido nunca.

El dedo índice le empezó a temblar. Se movía de una pantalla a la otra. "¡Tiene que estar!" se decía. "¿Por qué mierda me costará tanto entender este iPhone? Era mucho más fácil el iPhone con botón. Cuanto más nuevo el modelo, menos lo entiendo. Es más fácil volar un Jet que manejar estar mierda", dijo elevando la voz.

–Llama a Carlitos, que venga, dijo de pronto Ernesto, el líder.

Apareció otro de ellos. Eran como fotocopias unos de otros. Campera de cuero negra. El pelo medio engominado, prolijo. Como sacados de una película de ciencia ficción. Carlitos era especialista en tecnología.

–¿Qué pasa, jefe?, preguntó.

-Échale una mirada a este teléfono, Tornatore dice que hay números que le faltan. Que los tenía, y no están.

En una primera impresión rápida, Carlitos hizo su diagnóstico. Este celular no tenía respaldo en ICloud. Por eso perdió contactos. Seguramente los más nuevos.

–¿Algo que ver con una nube? preguntó Ernesto, empezando a creer.

–Si, la nube del ICloud.

–¿Se puede recuperar?

–No, imposible.

–Bueno, listo, ve.

Carlitos desapareció como una bomba de humo.

–¿Y ahora qué hacemos, Tornatore?

Marcos lo pensó rápido. Tendría que llamar a su casa, a Vanesa. Pero sería ponerlos en peligro.

–No sé, déjeme pensar.

–Piénselo tranquilo, tenemos todo el tiempo del mundo. Pero apúrese, le dijo, mientras volvían a encerrarlo en la lúgubre habitación. La cámara que antecedía a la tumba del faraón.

"¿Por qué el Pastor? ¿Por qué Patrilli?" Una vez más le estaba complicando su existencia. Si estaba privado de su libertad, si no andaba deambulando a bordo del Porsche, con sus ideas fluyendo y su mente envuelta en placer, era precisamente por culpa de él.

"Otra vez vos, Patrilli. La puta madre que te parió. Otra vez en mi vida. Generándome terror. Tendría que matarte. Mi patada tendría que haber sido mortal. Ese día no tendría que haber sacado la basura. Ese día no tendrías que haber estado ahí. Te voy a entregar, maldito."

Marcos quería entender el motivo de su detención. Encontrarle un sentido. Si dieron una vez con él, podrían dar dos, pensaba para sus adentros, angustiado. No lograba entender por qué su vida pendía de un hilo. Uno delgado y débil. Acostumbrado a negociar, a entregar algo a cambio de otra cosa, se negaba a ser él mismo la moneda de cambio. Era un juego peligroso, una moneda de una sola cara. Una jugada que como en el casino podría tener solo un ganador: La banca. La banda narco, mejor dicho.

Pero mientras se lo decía a sí mismo y cuando estaba a punto de gritarlo a los cuatro vientos, un halo de paz empezó a envolverlo. Su tremenda ira se transformó en un absurdo momento de paz. "¿Sos realmente el Pastor? ¿Estás tan cerca de Dios, que te aparecés acá?"

Dispuesto a delatarlo de pronto se frenó. Recordó el abrazo. Ese que provino del alma aquel día en la cárcel de Ezeiza. Ese día que fue trascendental. Que selló un pacto tácito de respeto entre ambos. Que le abrió las puertas de un éxito aún mayor del que ya conocía, al convertirse en el editor de los éxitos literarios del Pastor. Que lo devolvió al estrellato, y como había dicho Ángel, le permitió unir los fragmentos de su espejo interior.

"Lo voy a cubrir. Lo voy a proteger. Sea lo que quieran no voy a entregar a mi amigo, a mi hermano. Y de esta manera voy a ser bendecido por la fe." Después de todo, el libro lo había marcado. *Mi transformación en un hombre de fe*, no sólo había sido un éxito de ventas. Había adoctrinado a varias personas. Y aunque a veces lo olvidara, él mismo había sido tocado por esa varita mágica de la transformación. "Quiero abrazarte, hermano mío". Esa frase aún sonaba en su cabeza como si la hubiera pronunciado el día anterior.

Como poseído y sintiéndose repentinamente otro, se frenó. Dejó la ira a un costado. Y como un hombre de Dios se arrodilló. Como lo hacía en el *dojo* de karate reverenciando a su *Sensei*, cada vez que pronunciaba o escuchaba el grito seco con una frase corta. '*Seiza*'. Pero esta vez era distinto. Puso su cabeza contra la pared. Sus manos entrecruzadas. Respiró profundo, y sacó a relucir el valor que nunca había tenido. Inclusive en sus días de proezas empresariales. Nada me va a doblegar. Nada me va a hacer cambiar. Guardó silencio. Y decidió esperar...

Pasaron unas horas entregado a la fe divina, a la creencia en alguien superior. Se sintió pequeño como hombre. Está todo predigitado. Somos simples ciervos sobre la tierra. Almas errantes que caminan sin sentido pero con un destino. ¿Estaría el suyo marcado en ese día? ¿Podía acaso ser el último? Empezó a comprobarlo cuando comenzaron a golpearlo.

–Se nos acaba la paciencia, Tornatore. Ya se lo dijimos. Queremos al Pastor. A ese maldito de Patrilli.

Marcos recibía los embates. Había una convicción irracional en no delatarlo, en no dar su paradero. No podría soportar leer en los obituarios del día siguiente la noticia sobre la partida del Ángel. ¿Cómo haría para sacarse ese karma?

Los golpes fueron en aumento. Su fina piel empezó a ceder. Y empezó a palpar en sus labios el sabor amargo de su sangre. Su sangre casi azul. Sabía que de no mediar un arma a la distancia apuntando en su dirección estaría bloqueando y repeliendo ferozmente esos ataques. Pero no tenía opción.

–Tornatore, terminemos con este juego. ¿Quiere quedar desfigurado? Está cubriendo a ese mal nacido. Realmente no vale la pena. Va a quedar con marcas permanentes, deformado. ¿Eso es lo que quiere? Si es así, adelante. No vamos a parar.

¿Sería ésta su ofrenda a Dios por tantos errores? ¿Por tantas violaciones a la norma? ¿Por ser sólo un buscador del éxito y el placer a cualquier costo, sin importar las consecuencias ni el daño tras la búsqueda?

Cuando la sangre le fluía por ambas mejillas como una canilla abierta, creyó escuchar algo. Estaba casi seguro y quedó paralizado.

–Vamos por su familia. Sabemos los nombres. ¿Por quién empezamos, por Vanesa o por los niños?

Recibió un gran golpe de realidad. Un golpe vertiginoso. Salió del letargo, del profundo trance. De la fe.

–¿Qué están diciendo?, gritó desenfrenado.

–Además de desfigurarte, vamos a ir por tu familia. Vanesa y los niños. ¿Por quién empezamos, por ella? ¿Vicky o Patricio?

Había escuchado bien. Se les había agotado la paciencia. Ya no querían esperar más. Se habían hastiado del juego de Marcos.

Trató de zafarse con un movimiento rápido, un reflejo instintivo del karate. Pero su fuerza no era la misma después de tantos golpes. Estaba disminuido. Mal alimentado. Era sólo un pequeño porcentaje del Marcos normal. Fue neutralizado rápidamente.

–Y encima te resistes. Hemos perdido la paciencia. O nos das al Pastor, o como ya te lo advertimos, te vas a arrepentir el resto de tu vida. Tú, en una de esas, lo puedas contar. Pero en el camino, uno de los tuyos va a perder la vida. ¿Vale la pena por una escoria como Patrilli?

Sintió que iba a perder el conocimiento. Era su última chance.

–Paren, por favor, gritó. ¡No me peguen más! Se los voy a dar. ¿Quieren al Pastor? Es todo suyo.

La violencia paró en forma abrupta. Fue como el campanazo al final del *round*. Ya no había más intercambios. Aunque en este caso habían ido en una sola dirección.

Intencionalmente en blanco

Capítulo 30. Respeto admirativo

El Pastor seguía en el convento. Ajeno a todo lo que pasaba. Se estaba reencontrando. Se había reencontrado. Los Misioneros era ahora su lugar. Se sentía perteneciente. Era una vida muy tranquila. De recogimiento. De reflexión permanente. De la búsqueda de la verdad en esas páginas sagradas, que desentrañaba una y otra vez.

Los otros curas empezaron a sentirse tranquilos. Era verdad. Todo su traslado había sido tan secreto. Todo estaba tan tranquilo. ¿Quién podría venir a alterar ese orden exquisito?

Los libros no llegaban. Y él empezó a hablar, empezó sus relatos. Con lujo de detalles. Su pasado oscuro. Su reivindicación. Y ellos estaban sedientos por conocer todas las anécdotas. La más jugosa era su escape del mar.

–¿Cómo hiciste hermano?, le preguntaron. Nadie sobrevive a tremendo golpe. Y menos a las frías aguas de alta mar.

–Ahí fue cuando empecé a darme cuenta de que había algo más... que todo tenía un sentido. De que cada brazada iba acompañada por un deseo irrefrenable de salvación, que había caído ahí por algo. Y estaba empezando a andar un nuevo camino. Era todo como una alucinación. La marea, el salitre, la distancia. Era todo fantasmagórico. Más profundo que una fábula de Tim Burton. En ese andar apocalíptico, senté las bases de mi nueva creencia.

Hermanos míos, en cada paso en mi rehabilitación, me acercaba más a Dios. Las posibilidades eran mínimas, casi nulas. Pero mi fe era cada vez mayor. Y así me levanté y empecé a caminar. De a pequeños pasos. Empecé a construir quien soy hoy. Me convertí en escritor, en un gran predicador. ¿Qué más puedo pedir? Fui bendecido por el señor.

Los padres estaban atónitos. Increíblemente conmovidos. El relato había sido casi hipnótico. Revelador. Estaban convencidos. Sentían lo mismo. El Pastor había llegado para quedarse. Y para hacer de ese convento un gran lugar de culto. Un lugar que dejaría huella en la civilización. Una civilización perdida, a la que había que rescatar.

–Sos un ejemplo, Pastor, dijo el padre Luis. Tu presencia nos conmueve. Como así tu predica y tus fuerzas. El Convento te acogió en su regazo. ¡Y nosotros te hicimos nuestro!

Parecía la última cena. Todos alrededor suyo. Un respeto admirativo. Y un posible final.

Capítulo 31. Carlitos

Volvió a la habitación. Estaba decidido. Lo iba a entregar. Escuchar a los suyos en riesgo lo debilitaba. Perdía el ímpetu. Dolorido, imaginaba secuencias. El Pastor, inocente, en manos de esos criminales. La culpa empezaba a invadirlo.

Sintió la llave girar. Muy lentamente. Una voz que le susurraba.

–Tornatore vaya hacia atrás. No intente nada.

No había escuchado pasos, y ahora el susurro.

Entró, y en la penumbra pudo reconocerlo. Era el capo informático, Carlitos.

–Me la estoy jugando, Tornatore. Me la juego por usted.

Envuelto en sangre y confuso por los golpes, intentaba entender.

–Lo van a matar. Lo van a matar, dijo algo más fuerte.

–¿Matarme? Me dijeron que si colaboro soy hombre libre.

–Voy a ser rápido, porque si me ven acá o sospechan algo, soy yo el hombre muerto.

–Todos terminan igual... Colabore o no colabore. Cuando les de lo que quieren, tiene las horas contadas. Los minutos diría yo. Pero esto se puede arreglar. Mejor dicho lo puedo arreglar.

–¿Cómo? preguntó un Marcos esperanzado.

–Un error. Una distracción. Una puerta sin llaves. El pasaporte a su libertad.

–¿Cuánto quiere?

–Doscientos cincuenta mil. Una arriba de la otra. Toda junta.

–Hecho, respondió.

–Doscientas cincuenta gringas, siguió Carlitos. Quiero un velero. Uno grande. Abrirme de toda esta perdición. Desaparecer.

–Hecho, volvió a insistir. El número de cuenta, unas horas, y tenés 100.000 disponibles.

–¿Cómo 100.000? He dicho doscientas gringas. ¿No me ha entendido, Tornatore?

Se escuchó un ruido a lo lejos. Carlitos entró en desesperación.

–Me voy.

–Te doy la plata. Te reúno las 250. Conseguime el teléfono. Dame tiempo.

–No tenemos, respondió. Y desapareció.

Ahora estaba golpeado, torturado. Pero su mayor traba era la mental. "Lo van a matar", esa frase resonaba en su cabeza. Lo había sospechado, pero luego lo había anulado, directamente borrado. Pensó en escribir una carta. Una de despedida. Para Vanesa y sus amados hijos. Esconderla en uno de sus bolsillos. Dejarles algo. Aunque sea un papel con tinta. Pero con un significado incuantificable. Hizo un bosquejo mental. Fui un estúpido por no hacerte caso, Vane. Nunca tendría que haber ido al Racket. No me hubiera pasado nada de todo esto. Disculpame por no hacerte caso. Te amo. Y para ustedes chicos los amo con todo mi corazón. Son mi motivo de vida. Sigan adelante. Piensen en las cosas buenas que vivimos. Estaré cerca de ustedes. Viéndolos, aconsejándolos, marcándoles sus errores. Por más que no esté, seguiré siendo severo. Esfuércense para ser alguien. Los amo. Nos reencontraremos algún día. Un abrazo hasta la eternidad. Estaba decidido a colaborar. Lo iba a entregar. Pero ahora había otra opción, y ésta era mucho mejor. Menos riesgosa, y sin cargo de conciencia. Había ahora un nombre. El salvador. Y ese era "Carlitos". Sin lugar a dudas, el pasaporte a su libertad. A recuperar definitivamente su vida. Esa que estaba casi encauzada. La que había recuperado y perdido bruscamente con esta detención injusta. Una vez más, una noche perdida. Sin conciliar el sueño. Con la sangre seca sobre su cuerpo. "¿Por qué no la escuché, una vez?", seguía reprochándose.

Se dio cuenta de que generalmente no la escuchaba. Y de que aún cuando lo hacía, decidía luego según lo que le dictaba su propia conciencia. "Voy a cambiar", dijo de pronto entablando una vez más el diálogo con Dios, con el que nunca hablaba antes. Y ahora lo tenía cerca, mucho más cerca. "La voy a escuchar. Le voy a prestar atención. Voy a ser fiel. No más aventuras. La amo. A ella, a los chicos. Los amo a todos",

Recordó la frase que más de una vez le había dicho Vanesa: El karate está bien, Marcos. Muy bien. Pero quizás no sea suficiente. En la peligrosa Buenos Aires un calibre 32 podría ser el mejor antídoto contra la delincuencia furtiva. Recordando a Vanesa y sus dichos, visualizando cada detalle de su bello y delicado rostro concluyó y se desmoronó.

Un rápido amanecer lo tomó por sorpresa. La persiana filtraba algo de luz. Y el canto de un gallo le hizo confirmar que definitivamente estaba en una zona alejada, rural. Una vez más, la llave que giraba. Sintió ansiedad. Ahí está Carlitos. Me trae el celular y el número de cuenta. Pero la puerta se entornó. Nadie entró. El ruido metálico de la bandeja y un pobre desayuno eran una mala noticia para él.

–Desayune rápido y prepárese. Ya nos vamos. La puerta se cerró.

Unos minutos después, otra vez la puerta. Se renovaron rápidamente las esperanzas de libertad. Pero para su desgracia no era la voz de Carlitos.

–Cámbiese. Le tiraron una ropa. Y límpiese.

Una toalla húmeda iba junto a los ropajes.

–Ya nos vamos, volvieron a repetir.

Hizo todo a la velocidad en que lo había hecho en épocas de conscripto, en la colimba. Estaba más listo que en el cuartel. Pero esta vez no iba a entrar el temerario sargento de la tropa. Iba a traspasar por esa puerta un mercenario, un delincuente a sueldo. Uno de esos dispuestos a cualquier cosa a cambio de una paga.

Intencionalmente en blanco

Capítulo 32. La llamada

Lo subieron a un automóvil y lo sentaron en el asiento de atrás, en el medio. Escoltado por dos casi humanos. Para no levantar sospechas, no le cubrieron el rostro. Pero sí recibió una orden.
–Tornatore, usted va a mirar solo para adelante.
Los vidrios negros de todas maneras lo hacían invisible.
Pudo hacerse una idea de dónde estaban, pero casi ni pestañaba. No le convenía. Se había dado cuenta que con esa gente no se jugaba.
–Escuche atento Tornatore: va a hablar con su mujer. Va a ser breve. Le va a decir que está bien. Que solo necesita una información para que lo dejen en libertad. No queremos mensajes en clave, ni nada por el estilo. Recuerde: no sólo está su vida en juego sino también la de los suyos, que supongo le deben importar más. Nos da la información, y es hombre libre. Lo dejamos en un descampado, y vuelve a tomar el control de su destino. Sólo recuerde: nada de trucos.

Estaba nervioso, muy nervioso. Más que cuando daba los finales en la universidad. Más que cuando rindió su examen de piloto privado; y aún más que cuando había presenciado el parto de Patricio, porque en el de Vicky no se había animado.

Temió quebrarse al escuchar la voz de Vanesa. Temió estallar en llanto. La privación de la libertad lo estaba afectando mucho más de lo que jamás podría haber imaginado.
Celular en mano, llamó a Vanesa. Hubiera querido llamar al 911 y decir: "Me tienen secuestrado. Estoy a bordo de un Peugeot 408 gris con vidrios negros. Estamos pasando por la localidad de Don Torcuato". Si al menos hubiera estado su maestro de karate, para entre los dos partirles la cara con pocos movimientos...

Empezó a sonar el timbre de la llamada. Sonaba una y otra vez. ¿Por qué no atiende?, pensó. Debería estar más que atenta. Tendría que ser el único llamado que debería esperar. Y finalmente escuchó: "Te comunicaste con el celular de Vanesa, dejame tu mensaje". Atinó a balbucear:

–Atendió el contestador.

–Cuelgue la llamada, le ordenaron. Y repitieron: ¡Corte!, porque él no reaccionaba.

Estaba al borde de un pico de estrés. Optó por la frase. Esa que solía pronunciar, en la mayor de las adversidades: "soy un negociador", "soy un negociador" se dijo a sí mismo innumerables veces. Pero siempre hay una excepción a la regla. Era justo ese día. Sus palabras no lograron tranquilizarlo.

–¿Qué hago?, les preguntó. ¿Qué hago? Estaba desesperado.

Quería golpear a uno de los dos. Rápido de reflejos, anularlo y después saltar. Así, con el auto en movimiento. Aunque fuese lo último que hiciera en su vida entera. Pero sabía que llevaban el arma en la cintura. Sabía que podían desenfundarla. Y eso sería lo peor, así que la imaginación se topó con la realidad. Y seguía inmóvil, como un espectador atrofiado, el curso de los acontecimientos.

–Vamos a esperar. En cualquier momento le devuelven la llamada.

"Si al menos llamara la atención el Peugeot", pensó. Estaban circulando en forma errática, casi en círculos. Con sus vidrios polarizados. Pero claro, eso no era llamativo. Así como en otros países está prohibido polarizar, y lo estuvo en alguna época en la Argentina, ahora por la inseguridad, el 80% de los autos usaban esa tinta oscura, garantía de invisibilidad.

El llamado no llegaba. Se empezaron a poner nerviosos. Después de todo, llevaban a un secuestrado a bordo. Y no a cualquiera. A uno importante. El nuevo "rey de los cielos".

Se agotaron de esperar. Nos estamos poniendo en evidencia.

–¡Vuelva a llamar, Tornatore!

–¿Pero no dijeron que era mejor esperar?

–No cuestione órdenes. Llame, y ahora.

Otra vez el tono sonando, una y otra vez. Al cuarto sonido, finalmente su dulce voz atendió, aunque sobresaltada.

–¡Marcos! Fueron sus primeras palabras. ¿Estás bien? ¿Dónde estás?

Recordó las órdenes. Respondió frío y seco. Necesito una información, y en forma urgente.

—¿Pero estás bien?

Nada del otro lado. Vanesa entendió el silencio.

—Adelante, ¡decime, amor! ¡Por favor! ¡Quiero ayudar!

—El Pastor Patrilli, dijo entre nervioso y confuso.

—¿Qué hay con el Pastor?

Estaba inestable, como en la peor de sus pesadillas. Escuchar su voz lo quebró aún un poco más.

Impostó la voz. Como un piloto declarándose en emergencia y con un tono fuerte le dijo:

—Necesito su dirección y su teléfono.

—Fuerza, amor. Sé que la debés estar pasando mal, que te tienen secuestrado. Vas a salir. No me respondas nada. Sé que no podés. Acá estoy, y siempre estaré... Estoy orando para que no te hagan nada, esto termine pronto y estemos todos juntos otra vez.

—¿Por qué tanto silencio?, se impacientó uno de ellos.

Vanesa escuchó la voz. Era un reaseguro de que lo tenían cautivo.

—La tengo que buscar. Me la pasó los otros días. Pero creo que lo puse en un cajón de la cocina. ¿Me podés esperar?

—Dígale que corta y la llama en cinco minutos. No lo podemos tener tanto tiempo al teléfono.

—Tengo que cortar. Te llamo en cinco minutos, dame esa información. ¡Por favor!

—Sí, mi amor. Ya mismo salgo corriendo para la cocina.

Cuando estaba por cortar, como una voz en *off*, Vanesa escuchó otro mensaje.

—Que no intente nada raro. Que no de aviso a la policía. Porque usted es hombre muerto.

—Escuché eso, se adelantó ella. No voy a ponerte en riesgo. ¡Te amo!

Cinco minutos eran muy poco tiempo. Como un verdadero torbellino, en su cabeza pasaban distintas alternativas. Como esa lucidez extrema ante el peligro que puede anteceder a la muerte.

"¿Me comunico con la seccional, llamo a la agencia de detectives? ¿O le informo a Manolo, un verdadero especialista en el arte de la seguridad?" Pero cualquiera de esas posibilidades llevaba en forma intrínseca un gran riesgo. Un riesgo mortal para su amado.

Decidió correr hasta la cocina. En el último cajón, en el que guardaba los teléfonos de *delivery* estaba el anotador. Empezó a pasar las hojas hasta que lo encontró. "Ángel Patrilli", decía. "Convento Los Misioneros". Y en una letra apurada, casi nerviosa, un número de teléfono y una dirección. Se puso los anteojos, para leer mejor su jeroglífico. No podía fallar. Un número incorrecto y podía ser el fin. Con el aumento todo era claridad. Lo anotó más grande, para no tener margen de error y se dispuso a esperar. Una espera interminable. Mayor a la de un consultorio esperando por un gran especialista, un erudito de la medicina, de esos que también pueden salvar vidas con una sola indicación o medicación.

Miraba fijamente el celular. No sonaba. Miraba las rayitas de la intensidad de la señal. Eran tres de cinco. "Que no pierda señal justo ahora, por favor". Ese llamado se estaba transformando en el más importante de su vida. Y su estado de nervios aumentaba en escala proporcional a su ansiedad. Mientras pasaban los segundos o los minutos, otra vez el mismo cuestionamiento, el mismo orden. El 911. Era tan rápido. Tres números y el alerta y la búsqueda. Tres números, y un posible final mucho más cerca. "Llamame Marcos, por favor. Al final tenía razón yo. Ese tipo Patrilli no hizo más que traer desastre a esta casa. Y él, estúpido, que ahora le tiene aprecio", pensó. Habían pasado diez minutos y nada. Buscó entre las llamadas recientes. El número del llamado había sido el del propio Marcos. "¿Y si lo llamo?" Casi por instinto, teléfono en mano, se dirigió hacia la puerta. Se fijó por la mirilla y ahí estaba Manolo, a un costado. Abrió la puerta y casi en trance, gritó: "¡Manolo! ¡Manolo!", al borde del llanto.

Manolo activaba sus alertas ante una situación por demás extraña.

–¿Qué pasa, señora? Digame.

–Lo tienen, susurró, porque la voz casi ni le salía.

–¿Cómo dice señora?
–Que lo...
El celular empezó a sonar. Lo sintió vibrar en la mano. Y después el timbre. Miró la pantalla. Marcos.
–Nada, dijo ahora con voz más fuerte, como recobrando el aliento.
Dio media vuelta rápido, muy rápido. Se dio cuenta de que la libreta estaba dentro de la casa. En cuestión de segundos, estaba entrando nuevamente. Al tercer llamado atendió.
–Tengo los datos, le dijo.
–Gracias a Dios, se escuchó desde el otro lado.
–Anotá, le dijo. Convento Los Misioneros, calle Mártires 38, Provincia de Buenos Aires.
Él repetía en voz alta mientras uno de ellos tomaba nota.
–¿No dice qué localidad es?
–Nada, eso es lo que anoté. Lo que me dijo.
–Está bien, no te preocupes. Seguro que con eso va a bastar.
–¿Te van a soltar?, le preguntó.
Antes de poder responder se escuchó:
–Corte, ¡ya tenemos lo que necesitamos!
Se recostó sobre un sillón. Estiró sus piernas. Estaba molida, devastada. Puso su mente en blanco. Cerró los ojos. Escuchó la llave girar en la puerta de servicio. Antes de que pudiera abrir los ojos, escuchó:
–¿Está bien, señora? ¿Todo bien?
Iba a soltarlo todo. Iba a mencionar el secuestro.
La mirada de Manolo parecía intuir algo. Algo grueso había pasado.
–Nada, Manolo. Sólo una mala noticia. Una amiga que enfermó.
La mirada de Manolo era fuerte, penetrante. Lejos de una mirada compasiva y contenedora.
–Disculpe entonces, señora. Pensé que me había querido decir algo hace unos instantes.
–No, nada, Manolo. Todo tranquilo. Sólo la mala noticia de mi amiga.
–Cualquier cosa que necesite me avisa, dijo mientras con andar firme, volvía a tomar control del perímetro de la casa.

Intencionalmente en blanco

Capítulo 33. Reaseguro

–Hacia allá vamos, escuchó. Pon esa dirección en el GPS.
–Marcos escuchó la voz española. "A cien metros gire a la izquierda. Siga recto por cinco kilómetros"
–¡Son 95 km! ¿Adónde mierda se fue este tipo? "Convento Los Misioneros". ¡Por favor! ¡Qué fraude!
–¿Cómo que allá vamos? Yo me bajo acá. Me lo prometieron. ¡Les dí lo que querían!
–Usted viene con nosotros, Tornatore. Es más, tenemos una sorpresa para usted.
–¿Cómo que una sorpresa? ¡No quiero ninguna sorpresa! Yo me bajo acá. Se acabó esto para mí. ¿Querían a Patrilli? Ya lo tienen. Ahora déjenme salir. Y empezó a forcejear con uno de ellos.
–¿Qué está haciendo? ¿Está usted loco?
–Sí, respondió abruptamente. Estoy más loco que todos ustedes juntos. Y mientras forcejeaba, manoteó la palanca de la puerta del 408. Llegó a moverla, pero la puerta seguía trabada.
–Déjenme bajar malditos, dijo en un estado casi de enajenación. ¡Déjenme bajar!

Todo era irracionalidad a bordo. Hasta que sintió el metal frío en su cintura. La misma sensación de aquella noche confusa sacando la basura. La sensación lo paralizó. Fue como un chasquido de dedos para salir de un trance. De un sueño profundo del que formaba parte hacía ya muchísimo tiempo. ¿Qué era realidad, y qué ficción? Ya casi no lo diferenciaba. Pero ese metal, ese *déjà vu* pudo más que todo, y finalmente cedió.
–¿Hace falta, Tornatore, esa actitud infantil? ¿Quiere sentir sangre correr por su cuerpo otra vez?
Haga lo que le decimos. Nada le va a pasar.

Había escuchado esa frase demasiadas veces. Y nunca se había sentido más en riesgo. No tenía el control. Y eso lo aterraba. Era una constante en su vida: tener el control de todo. Los mandos de vuelo, de las empresas, los de su casa. Manejar el destino de Vanesa y los chicos. Pero el exceso de control lo había cegado, y ahora era solo un títere, una marioneta direccionada. Solo Dios sabía hacia qué destino se dirigía.

El Peugeot avanzaba rápido y sigiloso. Comía kilómetros como empujado por grandes vientos desde atrás. Parecía el Beechcraft encaminándose a San Fernando, desde el oeste, ayudado por grandes corrientes en chorro. "Llegue a su destino por la derecha". Era una fachada antigua, muy antigua, llena de barrotes, y grandes portones. Como si fuera del siglo XIX. En un letrero pequeño, oxidado, estaba el nombre: "Convento Los Misioneros".

–Es aquí, llegamos. El GPS nos ha traído bien.

–Manos a la obra dijo uno de ellos.

–Tú vienes con nosotros. Entre tantas túnicas y hábitos. Tú vas a ser nuestro reaseguro.

Marcos se sorprendió.

–¿Reaseguro?

–Estas son las instrucciones. Vas a bajar del carro. Vas a tocar el timbre. Te vas a poner bien visible. Cuando te atiendan, dices que vienes a visitar al Pastor Patrilli. Te conoce. No van a presentar nada raro. Y después entramos en acción nosotros.

–No puedo hacer eso. No lo puedo entregar así.

–¿No? ¿Te parece? ¿Estás seguro?

–Una llamada a Manolo, y los tuyos son historia...

–¿Manolo? ¿Manolo está detrás de esto? ¡No lo puedo creer! Pensé que el tipo estaba para cuidarnos.

–Así que ya sabes: cualquier movimiento raro, y Manolo entra en acción, tiene órdenes precisas. Está más atento que nunca. Así que considérate nuestro reaseguro. Eres nuestra garantía para dar con el Pastor.

–Te lo repito, dijo Ernesto, el jefe, el mismo que lo había interrogado en la casa abandonada. Tocas el timbre, te haces bien visible en la puerta de este convento de mierda. Retenlo ahí en la puerta. Dale charla, abrázalo. Ni te vas a dar cuenta de todo lo que va a pasar después.

–¡Manolo! ¡La puta que lo parió a ese robot que tengo metido en mi casa! ¡Traidor!
–Estás cercado, Tornatore. Es Patrilli o tu familia. ¿Qué prefieres?
–¡Patrilli! No toqués a mi familia. Les vuelvo a repetir, no toquen a mi familia.
–Vamos baja de una buena vez. Así termina todo esto.

Bajó decidido. "Es él o mi familia". Hizo a un costado los nuevos sentimientos. Y se apersonó dispuesto a exponerlo, a entregarlo. Se acercó al portón. Pulsó el timbre y esperó. Una gota de sudor recorría su espalda. Era pura tensión. Si al menos el Pastor pudiera advertir su estado y sospechar algo. Un segundo timbrazo y nadie se apersonaba. "Los curas deben dormir siesta", conjeturó. Miró en dirección a donde intuía estaban ellos, como para hacer algún tipo de seña. Pero no divisó a nadie. Era su oportunidad, quizás de correr en alguna dirección. Pero antes de mover sus piernas pensó en Manolo. El nuevo culpable de toda esa escena siniestra.

Un timbrazo más, y el portón de madera finalmente se abrió. No era Ángel, no era Patrilli. Algún otro cura perteneciente a los Misioneros.
–¿Qué se le ofrece?, preguntó quien abrazaba los hábitos.
–Estoy buscando al Pastor. A Ángel Patrilli. Un viejo amigo.
–El Pastor está descansando, señor. Estas horas de reposo son sagradas para nosotros. A decir verdad, ¿se encuentra bien? Se lo ve muy agitado.
Marcos no respondió. No supo elegir entre las posibles respuestas. El hombre volvió a insistir.
–No lo veo bien señor. ¿Algo que pueda hacer por usted?
Giró su cabeza como escaneando la zona. No había moros en la costa. Se bloqueó. Algo por encima de su voluntad le hizo responder, lo que ni siquiera tenía intención de decir.
–¡Vienen por él!

El Padre Luis empezó a entender. Todo fue muy rápido. Como verdaderos ninjas, perros de ataque, estaban ahí al lado. Mientras el Padre empezó a darse cuenta de la situación, era tomado del cuello. Una llave inmovilizó a Marcos.

–Quédate quieto, Tornatore. Vamos todos adentro.

Los patios fríos eran la antesala de todo lo que podía suceder. Patios laberínticos y paredones. Techos altos. Arquitectura antigua, de la buena. Sobreviviendo al paso de los años con la belleza y rudeza de las viejas construcciones.

–¿Dónde está? Llévenos con Patrilli.

–¿Con Ángel, el Pastor?, preguntó el Padre, como en un estado atontado, víctima del miedo, o solo provocando confusión y tiempo, que justamente no tenían en ese momento. El que las agujas del reloj de Tornatore ya no podían detener.

–Sí, ese hijo de puta que se hace llamar Pastor. Entréguenos a ese asesino. Empezaron a subir una escalera caracol, de maderas húmedas y crujientes. Fue de pronto como un tamborileo. Muchos pasos juntos, y a la vez. En un contraste abrupto con el silencio reinante en el caserón. Marcos hacía fuerza hacia sus adentros. "Vamos Pastor. Con tu agudeza y entrenamiento del pasado, hacé algo".

Fueron dos pisos por escaleras. Eternos, ruidosos, fríos. Una verdadera antesala a lo peor. A una muerte segura.

–Es la numero cuatro, dijo el padre Luis, mientras notaba que dos de ellos ya tenían armas empuñadas y listas.

Frente a la puerta 4 temió lo peor. Irracional, impulsivo, sin saber quizás por qué, Marcos gritó:

–¡Cuidado Pastor! ¡Cuidado!

Un tremendo culatazo sobre su cabeza. Tornatore al piso. Una caída abrupta, desarticulada, en la que su cabeza acusando un segundo golpe impactó de lleno contra unos baldosones parecidos al granito. Derribaron la puerta con una patada. Allí estaba el Pastor. Duro, entregado.

–Ha llegado tu hora, hijo de puta. Embaucador. ¡Asesino!

–El Pastor los miró fijamente. Dios los va a juzgar. No saben lo que hacen. Soy un cordero de Dios. Un servidor.

Ya no entendían lo que les decía. No escuchaban más. Empezaron a disparar. Abrieron fuego. Dos o tres disparos fueron suficientes para que

cayera al piso. Basura. Gritaban mientras su cuerpo caía desparramado.
Nadie se mete con nosotros. Tendrías que haberlo sabido.
Listo, vamos. Hay que desaparecer.
–Tú no has visto nada, le dijeron al Padre Luis. Si no, venimos por vos también.
–Mátalo, dijo uno de ellos. Nos vio las caras, nos va a delatar.
El padre Luis no emitía palabra. Se tiró al piso al lado de Ángel y comenzó a abrazarlo como protegiéndolo, aunque ya estuviera muerto. Dos disparos cayeron sobre él también, y la escena se transformó en un verdadero charco de sangre.
–Ahora sí, salgamos de aquí. Vamos ahora.
Marcos seguía en la antesala de la habitación. Tirado en el piso inconsciente.
–¿Y con éste que hacemos?
–Déjalo ahí, este estúpido ya tuvo suficiente. Es más, creo que también está muerto. Se acercó y comenzó a patearlo. Ernesto lo pateaba con furia y desparpajo. Mira ¡ni se mueve el muy estúpido!
–Vamos, dijo.
Salieron corriendo de la escena como quien huye del infierno. Recorrido inverso. Abrieron el portón y ya estaban a bordo del Peugeot 408.
–Faena cumplida, le dijeron al chofer. Están todos muertos.
Envalentonado por el resultado, pisó el acelerador y salieron de ahí bruscamente.
–Sal tranquilo, imbécil. Vas a alertar a cualquier auto que pase por aquí. Queremos pasar desapercibidos.
–Tiene razón jefe, disculpe. Le dijo mientras aminoraba la marcha.

 El 408 se alejaba impune, casi invisible, mientras los asesinos se escondían una vez más detrás de los oscuros vidrios. Debajo del charco de sangre, algo se movía. Entrando en sí y entre gritos, el Pastor hizo todos sus esfuerzos para levantarse. Aturdido por los disparos y el rebote de las balas en su chaleco antibalas, volvía a entrar lentamente en sí. Advirtió al padre Luis. Su cuerpo agujereado y lleno de sangre. –¿Qué te hicieron? ¡Esto era para mí!, dijo entre gritos desgarradores. ¡Padre!

gritó, mientras intentaba levantarlo del suelo y resucitarlo. Pero era en vano, el padre yacía sin vida.

Corrió a pedir ayuda. Los otros curas se acercaron al escuchar el silencio que sucedió a los estruendos. Y los gritos del Pastor eran un signo inequívoco de que algo grave había pasado en el convento.

–Le dieron al padre Luis, alcanzó a decir, mientras los otros curas trataban de sujetarlo. Estaba con el equilibrio vencido y la culpa en lo más alto. ¡Todo esto es por mi culpa!

–¿Está bien, Pastor?, dijo uno de los párrocos. Tiene que tranquilizarse, ¡por favor!

–Todo es mi culpa. Es la única frase que repetía en forma compulsiva y obsesiva.

Los otros curas ayudaron a trasladarlo. Tal era su estado de *shock* que caminaba sin ver. Las imágenes eran demasiado duras. Crudas por demás y terminaron por nublarle el pensamiento y la lucidez.

En la desesperación, nadie había advertido su presencia. Ahí estaba solo, más solo que cuando vino al mundo. En lugar de rodeado por médicos y enfermeras estaba rodeado por curas en túnicas. Seguía inconsciente, sin siquiera con algún reflejo involuntario. Ahí estaba Marcos Tornatore, tirado, solo. Hasta que uno de los curas lo vio. Y Patrilli, el Ángel, cubierto por un mar de sangre, se hizo eco de su presencia. Salió rápidamente del letargo.

–¡Marcos! ¡Querido Marcos! Levántenlo, por favor.

Lo intentaban pero era en vano. Era un cuerpo inerte, pesado, difícil de mover.

–Llamen al 911. ¡Llamen ya! ¡El Padre Luis y ahora Marcos! ¡Soy una porquería! ¡Todo esto es por mí! Todo es mi culpa, volvió a automutilarse prolongando su ritual compulsivo.

La ambulancia llegó rápido, y después la policía. "Tiene pulso" alcanzó a escuchar, mientras los paramédicos lo subían a la ambulancia. Cercaron el lugar con cintas de seguridad. Todo debía quedar en su lugar. Hasta que llegara la policía científica y los forenses, e hicieran del lugar un laboratorio de estudio minucioso y casi microscópico.

Capítulo 34. Definitivamente el camino

Tornatore estaba otra vez entre paredes blancas. Cuarenta y ocho horas después abrió los ojos. Ahí estaba Vanesa, una vez más a su lado. Estaba feliz. La pesadilla del encierro había terminado. Estar en un hospital era ahora su gloria. Nunca había sufrido tanto. Con el encierro, las privaciones y torturas. Con perder el control de su vida.

–¿Cómo llegué hasta acá?¿Qué pasó con los narcos? ¿Dónde está Patrilli?

Sus preguntas eran un buen signo. El traumatismo de cráneo no había dejado secuelas, por lo menos en la memoria de corto plazo.

–El Pastor está bien, respondió Vanesa. Recibió varios balazos, pero está bien.

Marcos, aún confundido por la magnitud de los golpes, intentaba entender. Razonaba lento.

–¿Balazos y está bien? murmuraba.

–El chaleco antibalas. Llevaba chaleco antibalas, respondió Vanesa enérgica.

–¿Está bien? ¿Dónde está?

–Sí, está perfectamente bien, respondió Vanesa. Obvió contarle que continuaba en *shock*. Que gritaba sus culpas a los cuatro vientos. No era importante, en ese instante.

–Vení, acercate. La abrazó. Se desahogó de tantos días privado de su libertad, viendo a la muerte tan de cerca. Una lágrima recorría su mejilla. No la ocultó.

–Me obligaron, Vane. Yo no lo quise entregar. ¡Eran ustedes o él! ¡Estaba desesperado!

–Ya lo sé, Marcos. Ya lo sé. No hace falta ni que me lo digas. Descansá, descansá.

Una vez más, miraba a Vanesa. En otro despertar. Sentía costuras en su cabeza. Lo habían rasurado en varias porciones. Los fármacos ocultaban el dolor. Los periódicos enmascararon la verdad. "Dos muertos en el convento de Los Misioneros. En un ataque sin precedentes, y por motivos que aún se investigan, perdieron la vida dos curas del convento. Uno de ellos, el Pastor Ángel Patrilli. Un evangelizador, que logró llegar a la gente a través de sus escritos y sus oraciones. Una gran pérdida para la sociedad."

Marcos Tornatore retomó dos meses después sus actividades. Dejó de sentirse un novato en el aire. Empezó a volar, se asentó en su puesto de comandante. ¿Que habrá pasado esa noche? ¿La que no fui?, se preguntaba en vuelos de largo alcance, cuando monitoreando el instrumental dejaba también volar su mente. ¿Qué habrá sido de Pertino y del negro Mariano? Seguía teniendo su número, a veces lo miraba. Pertino cambiaba la foto de su perfil. Estaba sonriente, exultante. Se sentía tentado. Pero era mejor no volver más al pasado. Ese que se le aparecía sin pedir permiso, y sin previo aviso en cualquier momento. Cuando el día más claro se le oscurecía de pronto sintiéndose una vez más en esa habitación fría y húmeda donde había transcurrido su más triste encierro.

Mirando desde su despacho vidriado en un recoveco del aeropuerto, veía las largas palas del motor turbohélice que ahora gobernaba. Imaginaba la cola y el fuselaje esbelto con ventanas grandes y redondeadas del Gulfstream que pronto llegaría; ahí descansaría en su resplandeciente hangar.

Sus sentidos abstraídos entre el kerosene refinado y el ruido brusco de una puesta en marcha. Pocos, pero intensos años que acompañaban con sabiduría su cabello entrecano. El ruido del despegue de un "reactor puro" lo hizo enmudecer. El despegue definitivo de su trabada vida hacia horizontes lejanos con atardeceres llenos de colores. Cruzando mares azulados interminables, en su butaca, atado, firme. Como irían a suceder los años venideros.

Sobre su escritorio un bloc de hojas dentro de una carpeta símil cuero de cocodrilo. Tomó el bolígrafo. Tengo que escribir todo esto que me pasó. Los últimos días. Mejor los últimos años. Mi vida entera.
Pensó en el Ángel, ahora su guardián.

Juntos podrían escribir su autobiografía. Una crónica de su interesante y fluctuante vida.

Pensó algo más. Se vio frente a un auditorio. Relatando sus logros. El secuestro. Cómo salió adelante. Reinventándose una y otra vez. Superando las adversidades. Triunfando. El Gulfstream IV iba a ser una realidad en menos de un año. Y sus desafíos seguirían en esa escalera meteórica que constante e incesantemente no dejaba de subir. Debía realizar un nuevo viaje si quería comandarlo. Estar a cargo en algún momento de ese jet de ensueño. Estaba feliz de estar con vida, a pesar de todo. Se juró esta vez dejar atrás su pasado de galán. No quiero desafiar más a mi suerte, se dijo. Empezó a darle valor a las cosas. El valor real que tenían. Tuvo otra perspectiva. Recordó la maniobra de las donaciones desde Global. Solo eran un mecanismo para reducir impuestos. Nunca lo había sentido. Solo lo hacía por dinero. Ahora podrían ser de verdad, para ayudar a los más desamparados, a los que menos tienen, "Todo es efímero", pensó. Pero si me toca partir de este mundo en forma abrupta, quiero irme en paz, y con la frente en alto. Había entendido, había aprendido.

El Pastor Patrilli también batallaba con sus culpas. Eran en el fondo, dos culposos que llevaban una mochila muy pesada: la de sus profundos errores. Pero eran dos agradecidos a Dios. Dos sobrevivientes de la vida. Pactaron un encuentro. Uno que iría a ser movilizante.
Una vez más estaban cara a cara. Sin gruesos vidrios entremedio.
–Marcos, gracias por no entregarme, por resistir hasta el final. Gracias por estar. Por estar siempre.
Se abrazaron.

Una conferencia en solitario, o un dúo de campeones de la vida. Eso tomaba por completo el pensamiento de Marcos en ese abrazo interminable, increíblemente emotivo.
–Ahora estoy verdaderamente en paz, le susurró Ángel al oído.
–Yo también hermano. Encontré definitivamente el camino...

Se separaron, se miraron fijamente. Con las terminales nerviosas haciendo eclosión dentro de sus cuerpos. Era una contemplación admirativa.

–Tenemos que organizar charlas. Conferencias frente a empresarios. Perfeccionarnos. Subir una escalera en espiral. Alcanzar el estatus de intelectuales. El Ángel lo miraba un tanto extrañado sin entender bien lo que Marcos le estaba diciendo.

–Expertos conferencistas en charlas TED. Recorrer el mundo. ¿Entendés?

El Pastor asentía con la cabeza, vagamente, algo confundido.

Un tibio "sí" salió de su boca.

Mientras analizaba sus gestos y escuchaba el sí que tanto anhelaba, una palabra tenebrosa apareció vertiginosamente en su mente. "Manolo. ¿Dónde estaba Manolo?"

F I N

Made in the USA
Columbia, SC
12 April 2023